衛斯理小說典藏版 04

藍血人

衛斯理
親自演繹衛斯理
《藍血人》

新之又新的序言，最新的

衛斯理小説從第一次出版至今，歷時已近半世紀，總共出了多少正版，還能計得清，若是連盜版一起算，那就算找外星人來算，也算勿清楚哉！不知能不能也算世界記錄。

算得清好，算勿清也好，能幾十年來不斷出新版，説明不斷有讀者加入，對作者來説，沒有更值得高興的事了，謝謝所有喜歡衛斯理的人，謝謝謝謝。

二〇二〇年 六月四日 香港

幾句話

寫了四十多年小說，論者將拙作分為三個時期：早、中、晚。在明窗出版的一批，屬於早期和中期的上半。三個時期的創作風格有相當程度的不同，所以風評不一。本人並無偏愛，但讀友對早期的作品，頗有好評，大抵是由於在早、中期作品之中，主要人物精力充沛，活力無窮，所以使故事曲折多變，小說也就格外吸引。明窗出版社此次重新出版這批作品，正好讓大家來證明這一點。

四十餘年來，新舊讀友不絕，若因此而能有新讀友，不亦快哉！

倪匡

二〇〇五年十一月六日

序言

《藍血人》是第二個科幻故事，寫了一個有家歸不得，雖然大具神通，但是在地球上卻栖栖惶惶，十分可憐的外星人。這個外星人來自土星——不算太遠，其實可以寫得遠一點，但當時，在二十幾年之前，外星人的故事還不是那麼流行的時候，土星來客，已經算是十分新奇和遙遠的了。

《藍血人》的故事，牽涉的範圍十分廣，故事的結構也相當的複雜，多線進行，所以篇幅較多。因此在新校修訂時，將之分成了兩部分，目的是希望讀者閱讀時更方便。

故事中有許多「道具」及「物件」。在二十幾年前，都盡於想像中的物事，如今早已極其普遍了，讀者當可以留意得到。而衛斯理第一次知道有外星人，感覺也十分有趣。

這個故事，這次修訂的地方較多，不至於可以說「改寫」，也實在和原來有相當的差異。若以前曾看過這個故事的，一定可以覺察出來。

衛斯理（倪匡）

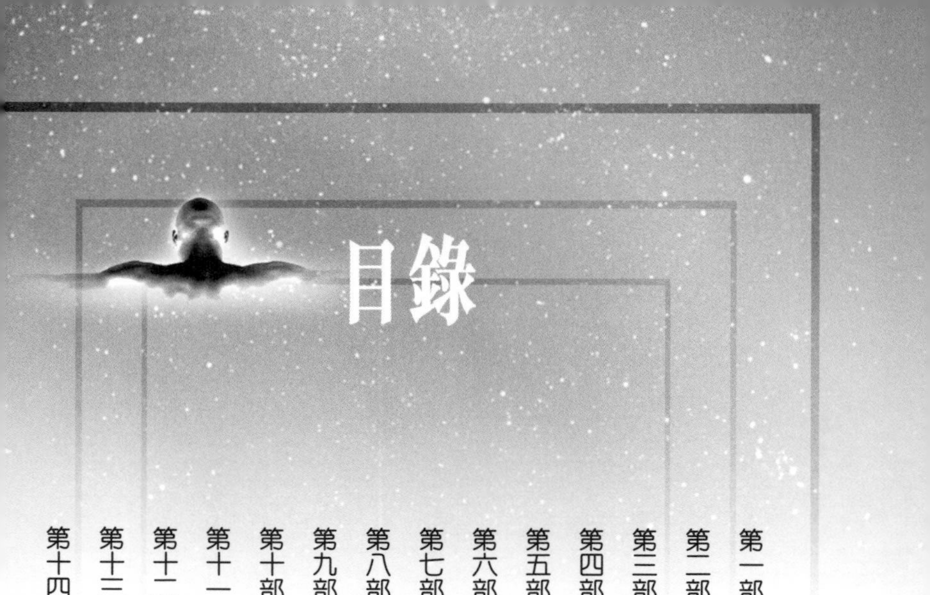

目錄

第一部

一個流藍色血的男人

到日本去旅行，大多數人的目的地是東京，而且是東京的銀座。但是我卻不，我的目的地是北海道，我是準備到北海道去滑雪和賞雪的。世界上有三個賞雪的最好地方：中國的長白山，日本的北海道，和歐洲的阿爾卑斯山區。

我在北海道最大的滑雪場附近的一家小旅店中，租了一個套房。我的行蹤十分秘密，根本沒有人知道我是什麼人，這間小旅店，在外面看來，十分殘舊，不是「老日本」，是絕不會在這裏下榻的，但這裏卻有着絕對靜謐的好處，包你不會碰到張牙舞爪，一面孔到東方來獵奇的西方遊客。

店主藤夫人，是上了年紀的一個老婦人，她的出身沒有人知道，但是她的談吐卻使人相信她是出身於高尚社會的。對於年輕而單身的住客，她照顧得特別妥善，使你有自己的家便在這高聳的雪山腳下之感。

一連幾天，我不斷地滑着雪，有時，我甚至故意在積雪上滾下來，放鬆自己的肌肉，將雪花滾得飛濺，享受着兒時的興趣。到了第五天，是一個假期。我知道這一天，滑雪的人一定十分多，我便不想出去，但是到了中午，我實在悶不住了，又帶了滑雪的工具，坐着吊車到了山上，而我特地揀了一個十分陡峭的山坡，沒有經驗的人，是不敢在這裏滑下去的，所以這裏的人並不多。

那是一個大晴天，陽光耀目，人人都戴上了巨型的黑眼鏡，我在那山坡上滑了下去，才滑到一半之際，突然聽得後面傳來了一個女子的尖叫聲。我連忙回頭看去，只見一個穿紅白相間的絨線衫，和戴着同色帽子的女孩子，驟然失卻了平衡，身子一側，跌倒在雪地之中。

這個山坡十分陡峭，那女孩子一跌下來，便立即以極高的速度滾了下來。這時，另外有幾個人也發現了，但是大家卻只是驚叫，並沒有一個人敢滑向前來。那是可想而知的事情，因為那女孩子滾下來的勢子，本來已是十分急速，如果有人去拉她的話，一定會連那人一起帶着滾下去的。而從那樣的山坡上滾下去，只摔斷一條腿，已算得是上上大吉的事了。

在那剎間，我只呆了一呆，便立即點動雪杖，打橫滑了過去。

那女孩子不斷地驚叫着，但是她的叫聲，卻時斷時續，聲音隱沒的時候，是因為她在滾動之際，有時臉向下，口埋在雪中，發不出聲來之故。

我打橫滑出，恰好迎上了她向下滾來的勢子。

而我是早已看到了那裏長着一棵小松樹，所以才向那裏滑出的，我一到，便伸左手抓了那棵小松樹，同時，右手伸出了雪杖，大叫道：「抓住它！」

那女孩子恰好在這時候滾了下來，她雙手一齊伸出，若是差上一點的話，那我也無能為力了，幸而她剛好能抓住我雪杖上的小輪，下滾的勢子立即止住，那棵小松，彎了下來，發出「格格」之聲，還好沒有斷。

我鬆了一口氣，用力一拉，將那女孩子拉了上來。或者是她的膚色本來就潔白無倫，也或則是她受的驚恐過了度，她的面色，白得和地上的雪，和她身上的白羊毛衫一樣。這時，有很多人紛紛從四面八方聚過來，有一個中年人，一面過來，一面叫着道：「芳子！芳子！你怎麼啦？」

那人到了我們的面前，那女孩子——她的名字當然是叫芳子了——已站了起來，我向那人看去，心中不禁奇怪起來。

來的那個人，在這個地區，甚至整個日本，都可以說有人認識他的。他是日本最具經驗、最有名的滑雪教練，我不止一次地在體育雜誌上看過他的照片了。而我立即也悟到，我救的那女孩子芳子，一定便是日本報紙上稱之為最有前途的女滑雪選手草田芳子了。

草田芳子的滑雪技術，毫無疑問地在我之上，但是她卻會從高處滾下來，由我救了她，唉，這當真可以説是怪事了。我正在想，已經聽到芳子道：「幸虧這位先生拉住了我一把！」

那教練則粗魯地道：「快點走，這件事，不能給新聞記者知道，更不能給記者拍到現場的照片。」

芳子提起了滑雪板，回過頭來，由於她也和其他人一樣，戴着黑眼鏡，所以我也根本看不清她的臉，只覺得她的臉色，已不像剛才那樣蒼白了。她問我：「先生，你叫什麼名字，住在什麼地方？」

我拉住了她，是絕對沒有存着要她感恩圖報的心理的，我自然不會將真姓名告訴她的，我想起了我下榻的客店店主的姓，又想起我這是第三次到北海道來，便順口道：「我叫藤三郎。」

芳子道：「你住在——」可是，她這一句話沒有問完，便已經被她的教練拉了開去。

她的教練當然是為了她好，因為一個「最有希望的滑雪女選手」，忽然自山坡上跌了下來，這不能不說是一件笑話。

我也並不多耽擱，依照原來的計劃，順利地滑到了山腳下。然後，提着滑雪板，向前慢慢地走去，我心中對那件事，仍然覺得很奇怪，認為芳子不應跌下來的。但我只不過奇怪了一下而已，並沒有去多想它。不一會，我便回到小客店中。

天色很快就黑了下來。我約了鄰室的一位日本住客和我下圍棋。那位日本住客，是一個很有名氣的日本外科醫生，已有六十上下年紀了，棋道當然遠遠在我之上，正當我絞盡腦汁，想力求不要輸得太甚的時候，只聽得店主藤夫人的聲音，傳了過來，道：「藤三郎？沒有這個人，我倒是姓藤的，芳子小姐，請你到別家人家去問問吧。」

接着，便是芳子的聲音。

只聽她輕輕的歎了一口氣，道：「我都問過了，沒有。他年紀很輕，穿一件淺藍色的滑雪衣，身體很結實，右手上，帶着一隻很大的紫水晶戒指——」

芳子講到這裏，我便不由自主地縮了縮手。

這時候，我當然不是穿着一件「淺藍色的滑雪衣」，而是穿着一件深灰色的和服了。但是我的手上，卻仍然戴着那隻戒指。

而就在我一縮手之際，那位老醫生卻一伸手，將我的手按住，同時，以十分嚴厲的目光望着我。我起先還不知道他這樣望着我是什麼意思，當然我立即明白了，因為他「哼」地一聲道：「小夥子，想欺騙少女麼？」

他將我當作是負情漢，而芳子當作是尋找失蹤了的情人的可憐人了。我忍不住「哈哈」大笑起來，我才笑了兩聲，便聽得芳子又驚又喜的聲音道：「是他，就是他！」

藤夫人還在解釋，道：「他是一個從中國來的遊客，芳子小姐，你不要弄錯了。」

然而藤夫人的話還未曾講完，芳子幾乎衝進了我的房間中來，她滿面笑容地望着我，向我深深地行了一個禮道：「藤先生，請原諒我。」

那位老醫生眨着眼睛，不知道究竟是怎麼一回事，但是他顯然知道自己剛才的判斷是錯了。

事情已到了這地步，我自然也不得不站起來，告訴她，藤三郎並不是我的真名字，只不過因為不想她報答我而杜撰的。芳子始終保持着微笑，有禮貌地聽着我的話。

我一面說，一面打量草田芳子，她本人比畫報上、報紙上刊載的她的相片更動人，那是由於對着她本人，就有一種十分親切的感覺。那種親切的感覺，是由於她美麗的臉型、和藹的笑容，和柔順的態度所組成的，使人感覺到說不出來的舒服。

她穿着一件厚海虎絨的大衣，更顯得她身型的嬌小，而由於進來得匆忙，她連大衣也未及除下來。

老醫生以圍棋子在棋盤上「拍拍」地敲着，道：「究竟怎麼一回事？」

芳子笑着，將日間發生的事，向他說了一遍，然後，她忽然道：「我想我不適宜於再作滑雪運動了。」

我奇怪道：「在雪坡上摔交，是人人都可能發生的事，何必因之而放棄你最喜愛的運動呢？」

芳子脱了大衣，坐了下來，撥旺了火盤，緩緩地道：「不是因為這個，而是我在積雪之中，眼前會生出幻象來，使我心中吃驚，因而跌了下來的。」

我早就懷疑過草田芳子摔下來的原因，這時聽了她的話，心中的一點疑問，又被勾了起來，道：「芳子小姐，你究竟看到了什麼？」

草田芳子道：「我看到了一個男子——」

她才講到這裏，老醫生和藤夫人都「哈哈」地大笑起來，連我也不禁失笑，因為芳子的話，的確是太可笑了，看到了一個男子，這怎叫是「幻象」呢？

芳子的臉紅了起來，她道：「不要笑我，各位，我看到一個男子，他的手背，在樹枝上擦傷了，他就靠着樹在抹血……他的血……他的血……」

芳子講到這裏，面色又蒼白起來，我連忙問道：「他的血怎樣？」

芳子輕輕地歎了一口氣，道：「我一定是眼花，他的血，竟是藍色的！」

我笑道：「芳子小姐，那只怕是你的黑眼鏡的緣故。」

芳子搖頭道：「不！不！我就是因為這個緣故，所以除下了黑眼鏡，我看得很清楚，他的血是藍色的，他的皮膚很白，白到了……難以形容的地步，血的確是——」

芳子才講到這裏，我不禁聳然動容，道：「芳子小姐，你説他的皮膚十分白，可像是白中帶着青色的那種看了令人十分不舒服的顏色麼？」

芳子吃了一驚，道：「你……你也見過這個人，那麼，我見到的，不是幻象了？」

我閉上了眼睛，大約兩秒鐘，才睜了開來。

在那兩秒鐘之中，我正將一件十分遙遠的往事，記憶了一下，然後，我道：「你先説下去。」

芳子點點頭，她顯得有些神經質，道：「我指着他道：先生，你的血——那男子抬起頭來，望了我一眼，我只感到一陣目眩，便向下跌去了！」

我喃喃地道：「一陣目眩——」

我的聲音很低，又是低着頭説的。大家都在注意芳子的敘述，並沒有人注意我。而我只講了四個字，也立即住口不言了。

芳子喘了幾口氣，道：「我在跌下來的時候，心中十分清醒，我知道自那麼陡峭的斜坡上跌下去，是十分危險的，也會大受影響的，然而，我竟來不及採取任何措施，就跌了下來，若不是衛先生——」

她講到這裏，略停了停，以十分感激的目光，向我望了一眼。

我連忙道：「那是小事，草田小姐可以不必再放在心上了。」

芳子輕輕地歎了一口氣，道：「衛先生，我是不會忘記你的——」她一面說，一面又向我望了一眼，帶着幾分東方女性特有的羞澀，續道：「而我被衛先生扶住之後，有一件事，便是抬頭向上望去——」

我插言道：「草田小姐，當時我們的上面，並沒有什麼人！」

芳子點頭道：「是，這使我恐怖極了，因為那人除非是向下滑來，否則是極難在那樣的斜坡上，回到山峰上面去的，但是他卻神秘地消失了……」

草田芳子講到這裏，藤夫人好心地握住了她的手，老醫生則打了一個呵欠，道：「草田小姐，你可要我介紹一個醫生給你麼？」

草田芳子急道：「老伯，我並沒有看錯，我……」

老醫生揮了揮手，道：「我知道，每一個眼前出現的幻象的人，都以為自己所看到的是實體，但當幻覺突然消失之際，他又以為自己所看到的東西，突然消失在空氣之中了！」

芳子怔怔地聽老醫生講着，等老醫生講完，她雙手掩着臉，哭了起來，道：「那我不能參加世界性的滑雪比賽了。」

藤夫人同情地望着草田芳子，老醫生伸了伸懶腰，向每一個人道了告辭，回到他自己的房中去了，我穿上了一件厚大衣，道：「草田小姐，你住在什麼地方？我送你回去，還有些話要和你說。」

草田芳子已經漸漸地收住了哭聲，也站了起來。藤夫人送我們到門口，外面，正在下着大雪，非常寂靜，我和草田芳子並肩走着，我不停地望着後面，我的行為也為草田芳子覺察到了。

草田芳子忍不住問我：「衛先生，可是有人跟蹤我們麼？」

我這時的心情，十分難以形容，雖然，我們的身後沒有人，但是我心中卻老是這樣的感覺。

我抑制着心頭莫名其妙的不安，道：「草田小姐，你是一個人在這裏麼？」

草田芳子道：「本來是和我表妹在一起的，但是表妹的未婚夫在東京被車子撞傷了，她趕了回去，我和我的教練住在一家酒店。」

我想了一想，道：「今天晚上，你如果請你的教練陪你在房中談天，度過一夜，這方便麼？」

芳子的臉紅了起來，立即道：「哦！不！他……很早就對我有野心了，如果這樣的話……」她堅決地搖了搖頭，道：「不！」

我又道：「那麼，在這裏，你可能找到有人陪你過夜麼？」

芳子的眼睛睜得老大，道：「為什麼？衛先生，我今晚會有危險麼？我可以請求警方的保護的。」

我道：「那並不是什麼危險，草田小姐，你千萬不要為了今天的事而難過，我可以肯定的告訴你，你今天看到的那個人，是真的，而不是你的幻覺，你的滑雪生命，並未曾受到任何損害！」

芳子驚訝地望着我，道：「你如何那樣肯定？」

我又閉上了眼睛幾秒鐘，再一次，將那件十分遙遠的事，想了一想。

我在心中歎了一口氣，撒了一個謊，道：「在我剛才扶住你的一刹那，我也看到了那個人，他正迅速地向下滑去！」

我是不得已才講了這樣一個謊話的。而事實上，我當時一扶住了草田芳子，便曾立即向上看去，看是什麼突然發生的意外，令得她滾下來的，而我看得十分清楚，在我們的上面，並沒有人。

芳子睜大了眼睛望着我，她的眼睛中，閃耀着信任的光芒，令得我心中感到慚愧，略略地轉過頭去，道：「你今天晚上不能找到人和你作伴麼？」

草田芳子又一次奇怪地問道：「為什麼我一定要人作伴？」

我感到十分為難，想了一想，道：「我怕你在經過了白天的事後，精神不十分穩定……」

芳子不等我講完，道：「你放心，現在，我的心境已完全平復下來了。」

我們又默默地並肩走了一會，已將來到芳子下榻的旅館門口了。向前望去，旅館門前的燈光，已經可以看得十分清楚了。

我停了下來，道：「草田小姐，我有幾句聽來似乎毫無意思的話，但是我卻要你照着我的話去做，不知你是不是肯答應我？」

芳子回過頭來，以十分奇怪的目光望着我。

我的身材比她高，她必須仰着頭看我，雪花因而紛紛地落在她的臉上，立即溶化，使她美麗的臉龐上，增加了不少水珠。

我道：「你今晚如果必須獨睡的話，最好在愉快的氣氛中入睡，你可以向旅館借一些旋律輕鬆的唱片，什麼事也不要想，更不要去想不如意的事。」

我講到這裏，停了下來，看看芳子有什麼反應。

草田芳子甜蜜地笑了一笑，道：「衛先生，你將我當作小孩子了。」

我也只好跟着她笑了笑，但我的笑容，一定十分勉強。因為，如果我的記憶力不錯的話，草田芳子正處在極端危險的境地之中，我對她說的一切，絕不是什麼兒戲之言，而是性命交關的大事。但是我卻又沒有法子明白地將其中的情形講出來，我更不能提起兩個十分重要的字眼，因為要防止可能發生的慘事，唯一的可能，便是要草田芳子保持鎮定和愉快。這兩個字眼她一想起來，那就十分糟糕了！

當時，我在苦笑了一下之後，道：「我要講的，就是這些了，你可做得到麼？」

草田芳子笑道：「好，我做得到！」

她的神情顯然十分愉快，向我揮了揮手，向前跳躍着跑了開去。她跑出了十來步，還回過頭來向我叫道：「明日再見！」

我也揮着手道：「明日再見！」

我直到看不到她的背影了，才轉過身來。獨自一個人，回到藤夫人的旅店中去。這一條路，十分靜僻，雪愈下愈大，我眼前的現象，也顯得十分模糊，而我心頭上那陣莫名其妙的不安感，更逐漸上升，變成了恐慌。

第二部

遙遠的往事

草田芳子見到那個人，我的確是見過的。

雖然事隔多年，但是當我要回憶那件事的時候，我卻還能夠使我當時的情形，歷歷在目。

那是很久以前的事了。那還是我剛進大學求學時的事，我讀的那間大學，是着名的學府，學生來自各地，也有着設備十分完善的宿舍。和我同一間寢室之中，有一個性情十分沉默的人，他的名字叫方天。

方天是一個病夫型的人，他的皮膚蒼白而略帶青色，他的面容，也不能給人絲毫的好感，所以，他十分孤獨，而我也時時看到他仰着頭，望着天空，往往可以一望三四小時，而不感到疲倦。

在他呆呆地望着天空之際，他口中總哼着一種十分怪異的小調，有幾次，我問他那是什麼地方的民謠，他告訴我，那是很遠很遠的一個地方的小調。

而不受他人歡迎的方天，在我們這間寢室中住下來。主要的原因，是我們這一間房間中，另外兩個同學是體育健將，頭腦不十分發達，而方天的功課，卻全校第一。我們莫不震驚於他的聰明。

我們那時讀的是數學（後來我自問沒有這方面的天才，轉系了），方天對於最難解的難題，都像是我們解一次方程式那樣簡單，所以，他幾乎成了兩個體育健將的業餘導師。

上半學期，沒有什麼可以記述的地方，下半學期才開始不到三天，那天，正是酷熱的下午，只有我一個人正在寢室中，一位體育健將突然面青唇白地跑了進來。他手中還握着網球拍。

他一進來，便喘着氣，問我道：「我……剛才和方天在打網球。」

我撥着扇子，道：「這又值得什麼大驚小怪的？」

那位仁兄歎了一口氣，道：「方天跌了一交，跌破了膝頭，他流出來的血，唉……他的血……」他講到這裏，雙眼怒凸，樣子十分可怖。

我吃了一驚，道：「他跌得很重麼？你為什麼不通知校醫？」

我一面說，一面從牀上蹦了起來，向外面衝去。不等我來到網球場，我便看到方天向前，走了過來，我看到他膝頭紮着一條手巾，連忙迎了上去，道：「你跌傷了麼？要不要我陪你到校醫那裏去？」

方天突然一呆，道：「你怎麼知道的？」

我道：「是林偉說的。」林偉就是剛才氣急敗壞跑進來的那個人的名字。方天的神情，更是十分緊張，握住了我的手臂，他的手是冷冰的，道：「他說了些什麼？」

我道：「沒有什麼，他說你跌了一交。」

方天的舉動十分奇怪，他歎了一口氣，道：「其實，林偉倒是一個好人，只不過他太不幸了。」

我怔了一怔，道：「不幸？那是什麼意思？」

方天又搖了一搖頭，沒有再講下去。

我們是一面說，一面向宿舍走去的，到了我們的寢室門口，我一伸手，推開了房門。唉，推開了房門之後，那一剎間的情景，實在是我畢生難忘的。只見林偉坐在他自己的牀邊上。

他面向着我們，正拚命地在拿着他的剃刀，在割他自己的脖子！

濃稠的鮮血如同漿一樣地向外湧着，已將他的臉的下部和他的右手，全部染成了那種難看的紅色，但是他卻仍然不斷地割着。而他面上，又帶着奇詭之極的神情。

林偉是在自殺！

這簡直是絕不可能的事。他是一個典型的樂天派，相信天塌下來，也有長人頂着的那種人。這種類型的人，如果會自殺，全世界所有的人，早就死光了。然而，林偉的確是在自殺，不要說那時我還年輕，就是在以後的歲月之中，我也從來未曾見過任何一個人，這樣努力地切割着自己的喉嚨的。

我不知呆了多久，我只知道我像是夢魘似地，想叫，而叫不出來，待我叫出來之際，我的第一句是：「林偉，你幹什麼？」

人在緊急的時候，是會講出蠢話來的，我那時的這句話便是其例。林偉並沒有回答我，我向他牀邊撲去，奪過了那柄剃刀，他的身子，向後仰了下去，我用盡我所知的急救法搶救着。

方天站在我的背後，我聽得他道：「他……他是個好人！」

那是我第二次聽到他講這句話了。我雖然覺得有些奇怪和不可解，但是在那樣的情形下，誰也不會去深究這樣一句無意義的話的。

我大聲叫道：「來人啊！來人啊！」

不到三分鐘，整個宿舍都哄動了，舍監的面色比霉漿還難看，以後的種種，我印象已很模糊了，只記得我和方天兩人，接受了警察局的盤問，林偉自殺獲救。

學校中對於林偉自殺一事，不知生出了多少離奇古怪的傳說。有的說宿舍中有鬼，有的說林偉暗戀某女生不遂，所以才自殺的，足足喧騰了半年以上，方始慢慢地靜了下來。林偉傷癒之後，也沒有再來上學，就此失去聯絡。

半年之後，是放寒假的時候了，絕大部份的同學都回家去了，宿舍中冷清清的。我已經決定不回家，而方天看來也沒有回家的意思，我們每天在校園中溜着冰。那一天，我們仍和往常一樣地溜着冰，我們繞着冰場，轉着圈子。

突然間，前面的方天，身子向旁一側，接着「拍」地一聲響，由於他身子突然的一側，他右足冰鞋的刀子斷成了兩截，而且，斷下的一截，飛了起來，恰好打在他的大腿之上。

這一來，方天自然倒在冰上了。我連忙滑了過去，只見方天的右手，按在他大腿的傷口之上，在他的指縫之間，有血湧出，在冰上，也有着血迹，這本來是沒有什麼奇怪的事，滑冰受傷，是冰場之上最普通的小事而已。

但是我卻呆住了！

自方天指縫間湧出的血，以及落在冰上的血，全是藍色的！顏色是那樣地殷藍，竟像是傾瀉了一瓶藍墨水一樣！

我立即想起半年之前的事來。

半年之前，林偉從網球場中，氣急敗壞地奔回宿舍來，便曾向我叫道：「他的血……他的血……」當時，他話並未曾講完，我也一直不明白林偉的話，究竟是什麼意思。

這時，我卻明白了！

當時，林偉一定是看到自方天身體之內，所流出來的鮮血，竟是那麼殷藍的顏色，所以才大吃一驚，跑回宿舍來的。

而當他見到了我，想要告訴我他所見到的事實之際，又覺得實在太荒謬了，所以才未曾講下去。而如今，我也看到了那奇異的事實！

我呆了一呆，失聲道：「方天，你的血——」方天抬頭向我望來，我突然覺得一陣目眩，身子一側，竟也跌倒在冰上！我一直以為那時突如其來的一陣目眩，是因為陽光照在冰上反光的結果。

當我再站起來之際，方天已不在冰場上了，遠處有一個人，向外走去，好像是方天，我叫了幾聲，卻未見那人轉過頭來。

我再低頭去看冰上的血迹，想斷定剛才是不是自己的眼花。然而冰面上卻什麼痕跡也沒有，既沒有紅色的血迹，也沒有藍色的血迹，我自然沒有興致再繼續滑冰，脫下了冰鞋，搭在肩上，回到宿舍去。

一進宿舍，才發現方天的牀鋪，顯然經過匆忙的翻動，而他的隨身行李——一直是放在他牀頭的一隻小鐵箱，也已經不見了。我在牀沿坐了下來，將剛才的所見，又想了一遍。

我覺得自己不會眼花，然而，人竟有藍色的血，這豈不是太不可思議了麼？

我想了一會，不免又想起林偉來。林偉忽然自殺——當時，我一想到了「自殺」兩個字，心中突然起了一陣奇妙之極的感覺。

忽然之間，我感到自殺不是什麼可怕的事，在那瞬那間，我心中感到自殺是和女朋友談情一樣，輕鬆之極，不妨一試再試的事！

我抬頭望着窗檻，心中立即想到，在那裏上吊，一定可以死去。我低下頭來，望着地上的冰鞋，冰鞋上的刀子，閃着寒芒，我又突然想到，這冰刀是不是也可以用來結束自己的生命呢？

我事後回憶起來，當時我的情形，完全像是受着催眠，所產生的思想，不是我自己的思想！

我當然絕不會想到自殺的。然而，當我想到溜冰鞋底上的冰刀，可以結束自己的性命之際，我卻俯身將冰鞋拾了起來，將冰刀的刀尖，對準了自己的腦門，我甚至不假思索，心中起了一種十分奇妙而不可思議的感覺，將冰刀的刀尖，用力向自己的腦門砸了下去！

這一下，如果砸中的話，我那時一定已經沒命了，但是，也就在那千鈞一髮之際，突然聽得有人叫道：「衛斯理，你在幹什麼？」

叫我的是女子的聲音，而且就在門外的走廊之中。

我立即震了一震，一震之後，我像是大夢初醒一樣，在一個短時間內，我竟不知道我自己高舉溜冰鞋，以冰刀刀尖，對準了自己的腦門是幹什麼的！

當然，我立即就明白了那是準備幹什麼的，我是想要自殺！

我遍體生寒，也就在這時，三個穿着花花綠綠棉襖的女孩衝了進來，叫道：「衛斯理，教我們去滑冰！」我實在十分感激她們，因為是她們救了我的性命。

但是我卻從來也未曾和她們說起過，因為這是一件說也說不明白的事。

我跟着她們，又來到溜冰場上，直到中午，才又回到宿舍中。

我獨自靜靜地想着，我知道了林偉忽然會起意自殺的原因，他是不由自主的，像剛才我想自殺的情形一樣！

但是為什麼，我和林偉兩人在見到方天流血之後，都會起了那麼強烈地結束自己生命的意圖，而且還付諸實現！

我不敢再在宿舍中耽下去，當天就搬到城裏一位親戚的家中，直到開學才再回來。

我未曾向任何人提起過這件事，而從那天之後，我也未曾見過方天，方天沒有再來上課，不知道他到什麼地方去了。

以後，我也漸漸將這件事淡忘了，因為我覺得一切可能全是巧合，那天我忽然想到會自殺，大約是受陽光強烈的影響，以致心理上起了不正常的反應，而我也斷定自己已看到的藍色血液，多半是眼花。方天的不再出現，我也歸諸巧合。

如果不是草田芳子對我講起她忽然自那山坡上滑下來的原因，我早已將那件事，完全忘記了！

但如今，我卻又將這整件事，都記了起來。在我一個人，獨自回藤夫人的旅店途中，迎着飛揚的大雪，我又將往事的每一個細節，都詳細地想了一遍。

我希望今晚我對草田芳子的囑咐，全是廢話，更希望草田芳子在聽了我的話，向旅館借些輕鬆的唱片，聽了之後便立即睡去。我希望我的設想的一切，全是杞人憂天。

我低着頭，繼續向前走着，在我將要到達藤夫人的旅店之際，突然聽得遠處，「嗚嗚」的警車，劃破了靜寂的寒夜。

我的心狂跳起來，心中不由自主地叫道：「不！不！不是芳子，不是她出了事！」我立即轉過身，向前狂奔而出！

第二部

嚴重傷害

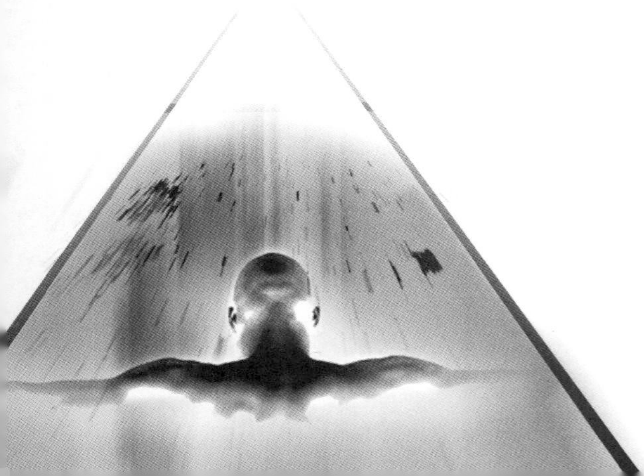

我只花了十分鐘的時間，便已奔到了草田芳子所住的旅館前，只見停着救傷車和警車，門口還圍了一大群人在看熱鬧。

我像發了瘋一樣地用手肘撞開圍成一團的人，向裏面衝了進去。

我衝到了旅館門口，只見裏面抬出了一副擔架來，我一看到跟在擔架旁邊的那個滑雪教練，我的血便凝住了！

同時，我聽得兩個警官在交談。一個說：「她竟以玻璃絲襪上吊！」另一個道：「幸好發現得早。」

我呆若木雞，不問可知，被放在擔架之上，正是不到半小時前，還和我在一起，美麗、柔順的草田芳子了，聽來她自殺未曾成功，我才鬆了一口氣。那使我確切地相信，見到了藍色的血液，人便會興自殺之念。

藍色的血液和自殺之間有着聯繫，這事情真太過玄妙了！

我看着擔架抬上了救傷車，又聽到無數記者，在向滑雪教練發着問題。

教練顯然也受了極大的打擊，無論記者問什麼，他都一聲不出，我一直站立着不動，直到看熱鬧的人漸漸散去，我才轉過身，向外走去。

雪仍在紛紛揚揚地下着，一切和一小時之前，似乎並沒有什麼分別。但是一個可愛的女郎，卻莫名其妙地想到了自殺，自然，她的運動選手生涯也完結了！

當然，「莫名其妙」只是對他人而言，對我來説，並不是完全莫名其妙的。

我已經料到，當草田芳子看到了有一個人所流血是藍色的時候，她心中便可能會生出自殺的念頭來的，像早年的我和林偉一樣，所以，我在旅館門前，已經勸她找人作伴了。

然而，我卻沒有法子弄得明白，何以一個人會有藍色的血液，而見到他的人，都會生出自殺的念頭，而想結束自己的生命？

這是一個無法解答的謎，我腦中一片混沌，我只覺得我已經墮入了一件不屬於科學範圍，而屬於玄學的怪事之中了。

我的腳步異常沉重，在我將到藤夫人的旅店之際，夜更深了，雪仍未止，路上更是靜到了極點。而一當我停止了思索這件事之際，我便立即感到一股莫名其妙的驚懼，那種驚懼，像是你在明處，而有着許多餓狼，在暗處窺伺着你一樣！

我深深地吸了一口氣，停了下來，我要先鎮定我的心神，才可以使我繼續向前走去。我絕不是膽小的人，然而這時心中的恐懼，卻是莫名其妙的。

而且，事實上，我的四周圍十分寂靜，什麼異樣的事也沒有，其實，如果真有什麼變故的話，我相信我也可以應付得了。

然而，那種恐懼之感，卻不斷地在襲擊着我。

我呆了片刻，只感到離我不很遠的地方，似乎正有一個人，要我死去。而我之所以有恐懼之感，像是因為我已知道了他的心意之故。

這看來又是十分無稽的，因為科學家雖然曾經聲稱，人在思想的過程中，會放出一種電波，所謂「心靈感應」，實際上就是一方接收了另一方的腦電波之故。

當然，這種說法，還沒有得到學術界確切的承認，而且，我如今又是在接受着什麼人的腦電波呢？什麼人又有這種超然的力量，可以使得他的思想形成腦電波，而令我接受呢？我想到這裏，彷彿覺得事情有了些眉目。因為，像林偉、我、草田芳子三人，忽然會起了結束自己生命的念頭，那極可能是有另一個人，以強烈過我們思想的腦電波影響我們，使我們進入被催眠的狀態之中，任由另一個人的思想，來主宰我們的行動。然而，我想深一層，卻又覺得那實在是太虛幻無際的事。我勉力提起腳，向前走着，四周圍靜到了極點，紛紛揚揚的大雪，不但掩蓋了大地上一切醜惡和美好的物事，也斂收了一切聲音。

我一直是低着頭在走着的，直到我看到了那棵白楊樹，我才抬起頭來。因為離藤夫人的旅店，已經不遠了。當我抬起頭來時，我可以看到前面有兩團昏黃色的光芒，那當然是旅館面前的燈光了。

我鬆了一口氣，我終於來到了一條橫巷的前面。只要過了那條橫巷，便是藤夫人的旅店了。然而，我剛來到橫巷之前，便看到街燈柱下站着一個人。我嚇了一跳，那人站在那裏，一動不動，大衣的領子翻得高高的，頭上又戴着呢帽，肩上雪積得十分厚，顯見得他站在那裏，已經很久了。

我心中雖然有點吃驚，但是我卻並沒有停步，因為一個人在那樣的深夜站在雪地中，的確是一件可疑的事，然而，也不值得大驚小怪。

由於我向前去，必須在那人的身邊經過，所以我也不得不保持警惕。

我放慢了腳步，在他身旁擦過。

也就是在他的身旁擦過的那一瞬間，我腦中一震，感到有人在叫我：衛斯理！

但是，我的耳際，卻又沒有聽到任何的聲音。四周圍是那樣的靜，我絕不可能將有聲音而當作沒有聲音的。事情就是那樣的玄妙，我沒有聽到聲音，但是我卻感到有人在叫我！

我連忙站定了腳步，轉過身來。

這時，那人也恰好轉過身來，抬頭向我望來。他帽子拉得雖低，我也看清了他的臉，他臉色蒼白得異樣之極，泛着青色，叫人看了，心中生寒。而這個人我是認識的，他和我與他分手之際，幾乎沒有多大的分別，雖然事情已有十多年了。

他就是方天！

我呆了一呆，他也呆了一呆。他先開口，道：「衛斯理，是你，果然是你……」講到這裏，他嘰咕了一聲，我沒有聽清他講的是什麼，然後，又聽得他道：「你！你沒有……」

他遲疑着，沒有講下去。

我在草田芳子向我敘述她的遭遇之際，便已經想到，她遇到的那個人。一定就是方天。血液是藍色的人，全世界可能只有他一個人。然而，我卻絕未想到，在這樣的情形下，我會與他陡然相遇的。

我不等他講完，便接上去道：「我沒有死！」

方天的臉上，現了十分奇特的神情來，他低下頭去，喃喃地道：「衛斯理，你是一個好人，我一直十分懷念你，你是一個好人……」

在他那樣喃喃而語之際，我的心中，突然又興起了「死」、「自殺」等等的念頭來，我心頭怦怦亂跳，這比任何謀殺還要恐怖，這個藍血人竟有令人不自覺而服從他的意志自殺的力量！

我竭力地排除着心中興起的那種念頭，我已和十多年前在學校中的時候不同了，那時，我是一個頭腦簡單的小夥子，如今，我已有了豐富的閱歷，我更知道，對方的那種超然的力量，和催眠術一定有關，而催眠術的精神反制學說，我是明白的。

那種學説，是説施術者的精神狀態（包括自信心的強烈與否）如果不及被施術者的話，那麼，施術者會被反制的。

所以，我在那時，便竭力地鎮定心神，抓住那些莫名其妙襲來的念頭，我和方天兩人，足足對峙了六七分鐘之久，我已感到我腦中自殺的意念，已經愈來愈薄弱了！

我知道，在這一場不可捉摸，但實際上是危險之極的鬥爭中，我已經佔了上風。

也就在這個時候，方天歎了一口氣，突然轉過身，向前走去。我由於全神貫注，在和那種突然而起的念頭相抗衡，在剎那間，思路難以轉得過來，所以我看到方天轉身向前走去，竟不知所措，直到他走出了七八步，我才揚聲道：「站住！站住！」

我一面叫，一面追了上去，方天並不停步，但我是有着深厚的中國武術根柢的人，三步併作兩步，很快地便將他追上。

他站定了身子，我沉聲喝問道：「你是什麼人，你究竟是什麼人？」

方天的樣子，像是十分沮喪，而且，在沮喪之中，還帶着幾分驚恐，他喘着氣，道：「衛斯理，你贏了，我可能會死在你的手中，永遠也回不了家，但是你不要逼我，不要逼我用武器……」

我起先，聽得他說什麼「回不了家」等等，大有丈二金剛摸不着頭腦之感。聽了他最後的一句話，我不禁吃了一驚，同時，他也在那時揚了揚手。

我向他的手中看去，只見他手中握着一隻銀光閃閃的盒子，盒子的大小，有點像小型的半導體收音機，但上面卻有着蝸牛觸角也似的兩根金屬管。

我從來也未曾見過這樣的「武器」，我立即問道：「這是什麼？」

方天道：「你不會明白的，但是，你也不要逼我用它。我絕不想害人，我只不過想求生存，等待機會回家去，你明白嗎？我有一個家……」

他愈說愈是激動，膚色也更是發青，我心中的奇怪，也愈來愈甚，道：「誰，誰不讓你回家？」

他抬起頭來，向天上看了一眼，又立即低下頭來，道：「你……我求求你，只當沒有見過我這個人，從來也沒有見過，不但不要對人說起，而且自己連想也不要想，可以麼？可以麼？」

他講到了一半，眼角竟流下了淚來。

我呆了半晌，道：「我只問你一件事。」

方天默然不語，我問道：「林偉、我、草田芳子，都曾經看到你體中的血液，是藍色的，我們也都有過自殺的念頭，你能夠告訴我，那是為了什麼嗎？」

我的話未曾講完，方天已經全身發起抖來，他手臂微微一揚，在那一瞬間，我只看到他的手指，似乎在他手上的那隻銀盒上按了一按，而我也聽到了極其輕微的「吱」地一聲響。

接着，我便覺得眼前突然閃起了一片灼熱的光芒，是那樣地亮，那樣地灼熱，令得我在不到百分之一秒鐘的時間內，便失去了知覺，倒在雪地之上了。

在我失去了知覺之前的一瞬間，我似乎還聽得方天在叫道：「不要逼我——」

從我依稀聽到方天的那半句話，到我再聽到人的聲音，這其間，究竟隔了多少時間，我是事後才知道的，而當我再聽到人的聲音，接着我感到了全身的刺痛。

那種刺痛之劇烈，令得你不由自主地身子發顫，像是有千百塊紅了的炭，在炙烙着每一寸的皮膚一樣。我想叫，然而卻叫不出來，想動，也不能動。我緊緊地咬着牙關，但當我想鬆動一下牙關時，卻也沒有可能，我只好作最後的努力，試圖睜開眼睛來。

在任何人來說，要張開眼睛，都是再簡單不過的事。然而我這時，就像是初出娘胎的嬰兒一樣，用盡了生平的氣力，才裂開了一條眼縫，我看到了來回晃動着的人影。

我定了定神，又勉力將眼皮的裂縫擴大了些，在我眼前晃動的人影，漸漸清晰了，像是攝影機的鏡頭，在漸漸校正焦距一樣。我首先看到，在雙手揮舞講話的，正是那個和我下棋的老醫生。

我竭力試圖記憶，心中暗忖，難道我這時，是在藤夫人的旅店中麼？但顯然不是的，因為四周圍的所有人，都穿着白衣服。

白衣服……白衣服……我腦中漸漸有了概念，醫院，我是在醫院中！

我是怎麼會在醫院中的呢？沒有法子知道，我只記得我是倒在雪地中的，雪地……醫院，噢，這一切，對於我這個剛恢復知覺，而且還得忍受着身上奇痛的人，實在是難以繼續想下去的，我決定先看看我自己，究竟怎麼樣了。

我竭力轉動着眼珠，向自己的身體望去。

我不相信自己的眼睛，以為那一定是看錯了。於是，我閉上眼睛一會，再睜開來看看。

但是，我看到的東西，仍是一樣，我看到，應該是我身子的地方，竟是一具木乃伊也似，每一寸地方，都裹滿了白紗布的人形物！

這算什麼，這是我的身子麼？我受了什麼傷？

我拚命想要動我的身子，但是卻做不到，我只好再轉動眼珠，我又發現，有兩根膠管，插在我的鼻孔之中。看來我的確是受重傷了，因為，連我的面部，都是那種白紗布。

這時候，我又聽得另一個人的聲音，道：「如果他恢復了知覺，他會感到劇痛的，我們將為他注射鎮靜劑，以減輕他的痛苦。」

我心中在叫道：「我已經有知覺了，快給我止痛吧！」但是我卻出不了聲。而我出不了聲的話，顯然便沒有人會知道我已恢復了知覺，所以我只得盡可能地睜大眼睛。

我的聽覺恢復得最快，我也聽得有人道：「如果他能活，那麼是兩件湊巧的事，救了他的性命……」

他媽的，我不禁在心中罵了起來，什麼叫「如果我能活」？難道我不能活了麼？那人的聲音繼續着：「第一，是那場大雪；第二，是這裏新建成的真空手術室……」

有人問道：「大雪有什麼關係呢？」

仍是那個聲音答道：「自然有關係，他究竟是受了什麼樣的傷害，我們現在還不知道，但是可以肯定的，則是類似輻射光的灼傷。他倒地之後，大雪仍在下着，將他的身子，埋在雪中，他身子四周圍的雪，對他的傷口，起了安撫作用，要不然，他早已死了！」

我記起了我昏過去之前的情形，那灼熱的閃光，那種刺目的感覺，原來我幾乎死了。方天用的是什麼秘密武器呢？

我正在想着，只聽得那聲音又道：「如果不是在真空的狀態下處理他的傷口的話，那麼他的傷口至少要受到七八種細菌的感染，那就太麻煩了。」

我心中苦笑着，幸運之神總算仍然跟着我，只不過疏忽了些，以致使我像木乃伊也似地躺在醫院之中，混身都灼痛。

我不準備再聽他們討論我的傷勢，我只希望他們發現我已經醒了過來，為我注射鎮靜劑，以減輕我此時身受的痛苦。

我仍然只好採用老辦法，睜大着眼睛，我的視覺也漸漸恢復了。我看到圍住我的人，至少有七八個之多，可是卻沒有一個人發現我已經睜大了眼睛。

不知過了多少時候，才聽得一個護士，尖叫了一聲，道：「天哪，他睜着眼！」

我心中叫道：「不錯，我是睜着眼！」

感謝那護士的尖聲一叫，我已經醒過來一事，總算被發現了，接着，圍在我身邊的人，又忙碌了起來，我被打了幾針，沉沉地睡了過去。等我再醒過來的時候，只見室內的光線，十分柔和。在我的身旁，仍有幾個人坐着，其中一個，還正把我的脈搏。

我發覺口部的白紗布，已被剪開了一個洞，那使我可以發出微弱的呻吟聲來。

我看到一張嚴肅的臉向我湊近來，問我道：「你能講話了麼？」

我用力地掀動着口唇，像是我原來不會講話，這時正在出力學習一樣，口唇抖了好一會，才講出了一個字來，道：「能。」

那人鬆了一口氣，道：「你神志清醒了，你的傷勢，也被控制了，你放心，不要亂想別的。」

那醫生歎了一口氣，眼中流露出同情的面色來，道：「性命是沒有問題的，只不過……」

我道：「皮膚會受損傷是不是？」

那醫生苦笑了一下，道：「你放心，我們會盡可能地為你進行植皮手術的……」

我不等他講完，便閉上了眼睛。

那醫生雖然沒有直接說出來，但是我已經可以知道他的意思了，我像是被一種極強烈的輻射光所灼傷的，那麼，和所有被燒傷燙傷的人一樣，我皮膚的損壞，一定十分嚴重了，只怕最佳的植皮手術，也不能挽救了。

我想了好一會，才睜開眼來，那醫生仍在我的眼前，我道：「我要求見你們的主任醫師。」

那醫生道：「佐佐木博士吩咐過的，你再醒來的時候，便派人去通知他，他就要來了。」

佐佐木博士，那就是在北海道藤夫人店中和我同住的老醫生，他是日本十分有名的外科醫生，但是他卻在一家十分有名的大學醫學院中服務的，那麼，在我昏迷期間，我早已離開了原來的地方，而到東京來了。

我又閉上眼睛養神，沒有多久，便聽到沉重的腳步聲，傳了過來。

佐佐木博士走在前面，後面又跟着幾個中年人，看來是醫學界的權威人物。

他們來到了我的牀前，佐佐木博士用心地翻閱着資料，這才抬起頭來，道：「好，你能說話了，你是怎麼受傷的？」

我據實回答，道：「有一道強光，向我射來，在不到十分之一秒的時間內，我就昏了過去！」

「輻射線——」佐佐木博士握着拳頭。

佐佐木又「哼」地一聲，道：「你可知道你身上將留下難看的疤痕麼？」我剛才要那個醫生請主任醫師，為的是討論這一問題。

我立即道：「博士，我想提出一個你聽來可能不合理的建議，我想用中國一種土製的傷藥來敷我的全身，那樣，任何傷口，都不會留下疤痕。」

佐佐木高叫起來，道：「胡説，你雖然脱離了危險期，但是傷勢隨時可以惡化，我要對你的性命負責，我絕不能聽你的鬼話。」

我開始説服他，告訴他這種傷藥的成分，十分複雜，乃是中國傷藥中最傑出的一種，根本是買不到的，只不過我有一個朋友，還有一盒，任何傷口痊癒了之後，絕無疤痕。

但是，不論我説什麼，佐佐木只是搖頭，我説得氣喘如牛，他也不答應。

我歎了一口氣，佐佐木博士和其他幾個醫生商量了一陣，又走了出去。我剛才說話說得實在太累了，這時便閉上了眼睛養神。

好一會，我才睜開眼來。病房中除了我之外，只有一個護士。那護士的年紀很輕，生得十分秀麗。我叫了她一下，她立即轉過頭來，以同情的眼光望着我。

我想向她笑一下，但是我面上所裹的紗布卻不容許我那樣做。

她俯下身來，以十分柔和的聲音問我道：「你要什麼？」

我低聲道：「你什麼時候下班？」

那護士以十分異特的眼光望着我，她的心中一定在想我是個瘋子。我問她什麼時候下班，難道是想約她出去吃晚飯麼？

我看出了她心中的疑惑，連忙又道：「我只是想請你代我拍一份電報。」

那護士立即點了點頭，道：「可以的。」她拿起了紙和筆，我先和她說了地址，才唸電文，道：「速派人攜所有九蛇膏至——」

我講到這裏，又向她詢問了這個醫院的名稱，才道：「就是這樣了。」

護士以懷疑的眼光望着我，道：「九蛇膏是什麼東西？」

我立即沉聲道：「小姐，我需要你幫忙，九蛇膏是我們中國人特製的傷藥，就是剛才我向佐佐木博士提起的那種。」

護士很聰明，立即道：「你是想自己使用這種膏藥？」

我點了點頭，道：「是，我一則不想在自己身上，留下難看的疤痕。二則，我還要使佐佐木博士知道，有許多現代醫學所不能分析解釋的藥物，的確具有不可思議的力量！」

護士的面色，變得十分蒼白。

我看出她心中在不斷地拒絕我的要求，我也不再多説話，只是以懇求的眼光看着她。這位護士是一個心腸十分好的少女，經過了四五分鐘，她歎了口氣，道：「你要知道，在這裏當護士，是一種榮耀，我費了不知多少精神，才得到這種榮耀的……」

她的意思很明白，就是這種事一查出來，她非被革職不可！

我連忙道：「小姐，你可知道，使一個病人感到你是他的天使，這更是一種至高無上的榮耀麼？」

護士小姐笑了起來道：「好，我為你去做！」

接下來在醫院中發生的事情，似乎沒有詳細敘述的必要了。因為我如今所述記的題目是「藍血人」，自然要以那個神秘詭異的藍血人為中心。

第三天，九蛇膏便到了我的手上，在那護士的幫助下，我得以將九蛇膏敷在全身。第七天，當着佐佐木博士的面，拆開了紗布，我全身的皮膚，像根本未曾受過傷一樣，博士暴跳如雷，但是卻也不得不承認那是奇蹟，我仍然十分感謝他的拯救，離開了醫院，在郊區的一家中等旅館中住了下來。

離開了醫院之後，我第一件事，便是養神，和靜靜地思索。

我這一次，雖然又僥倖地逃過了厄難，但是如果是同樣的事情，再發生一次的話，那我就難以再有這樣的幸運了！

第一、不會再有那場大雪；第二、世界上僅存的一盒「九蛇膏」，也已經給我用完了，如果再有這樣的事情發生的話，我非變成醜陋的怪人不可。

從旅館房間的陽台望出去是一片田野，視野十分廣闊，我坐在陽台上看看早報。報上並沒有什麼刺激的新聞，我將報紙蓋在臉上，又準備睡上一會，忽然聽得有人在叩門。

我一欠身，坐了起來，大聲道：「進來！」

推門進來的侍者，他向我道：「衛先生，有一個人來找你。」

我吃了一驚，我住在這裏，可以說是一個極端的秘密，有誰知道呢？我心念一轉間，立即想到了方天。我心神不禁大是緊張起來。

但就在這時，侍者一側身，大踏步跨進來一個人，卻並不是方天，而是和我分別沒有多久的納爾遜先生，國際警察部隊的高級首長！

第四部

太空計劃中的神秘人物

納爾遜逕自來到陽台上，由於他突然來到，使我驚愕得忘了起身迎接，而仍然坐在椅上！

侍者退了出去，納爾遜在我的對面坐了下來，道：「聽說你受了重傷，是和什麼人交手來？」

我歎了一口氣，道：「一言難盡。」

納爾遜在他的衣袋中，取出一份金色封面的證件來，乍一看，像是一本銀行的活期存摺一樣。納爾遜將之鄭而重之放在我的手中，道：「七十一國家最高警察首長的簽名，這是世界上第十份這樣的證件，證明你的行動，無論在什麼樣的情形下，都是對社會治安有利的！」

我接了過來，心中高興到了極點。這是向納爾遜要求發給的證件，他果然替我辦到了。

我緊緊地握住了他的手，道：「謝謝你！謝謝你！」

納爾遜仰在椅背上，半躺半坐，道：「你不必太高興了。在我們向各國警察首長要求簽名的時候，答應得最快的是意大利和菲律賓兩國，因為你曾對付過意大利的黑手黨，和菲律賓的胡克黨。其餘各國，我們都將你作了詳細的介紹，倒也沒有什麼問題，只有一個大國，卻節外生枝。」

他講到這裏，搖了搖頭。

我連忙道：「是美國麼？」

納爾遜先生的回答，我這裏不記出來了，因為後文有一連串的事情，都和這國家有關，根據我以往的慣例，都用代號稱呼，稱之為「西方某一強國」好了。

我感到很沮喪，這個國家是西方的大國，若是沒有了她的警察首長的簽名，這份證件的作用，至少打了一個七折了。

我道：「怎麼樣，不肯簽麼？」

納爾遜道：「不是不肯，這個國家有兩個不同的安全系統，一個是公開的，一個是半公開的，證件要生效，必須兩個系統的負責人一起簽字，其中一個負責人獲悉你是中國人，他提出必須要委託你做一件事，作為他簽字的條件。」

我聳了聳肩，道：「簡單得很，是什麼事？」

納爾遜的神態，卻一點也不輕鬆，道：「你別將事情看得太簡單了，你想，這個國家的安全系統，可以稱得上世界第一，但這件事尚且做不到，而要藉重你的力量，這會是簡單的事麼？」

納爾遜這樣一說，我的好勝心，更到了極點，道：「什麼事，快說！」

納爾遜道：「這件事，是極度的機密的，我特地找到了你，要親口向你說。也是為了這個原因，當我向你說出之後，這件事，世界上知道的，也不會超過十二個人，你明白麼？」

我不禁有些不愉快，道：「如果有人以為我是快嘴的人，那就最好別對我說機密的事情。」

納爾遜笑了起來，道：「別發火，事情得從頭說起！」他點着了煙斗，道：「那個國家，有一項未為人所知的太空發展計劃，那就是征服土星——」

我不等納爾遜講完，便打斷了他的話頭，道：「那我能對之有什麼幫助？我對於太空科技，可以說是一竅不通，和一個小學生沒有分別。」

納爾遜道：「你聽我講完了再說可好。」

我只得勉強地點了點頭。

納爾遜道：「土星離開地球十分遠，本來不是征服的好對象，但是科學家卻認為土星的那個光環，是一種金屬的游離狀態所構成的，利用這種金屬的磁場特性，可以在相隔遠距離下，將太空船吸了過去，那就比探索其他離地球近的大行星，更加便利了。」

我點頭道：「我明白了，這就是說，太空船的方向不會錯，而且還可能節省大量的燃料。」

納爾遜道：「當然，大致來說是這樣子，其中詳細的有利與不利之處，只有主持這個計劃的科學家知道，我們也不必去深究。」

我道：「當然不必深究，因為要深究也無從深究起，那麼，要我做的事情是什麼呢？」

納爾遜敲着煙斗，望着田野，道：「主持這個計劃的，是一個德國人，叫作佐斯，連他的存在，也被認為是一項高度的機密。」

我道：「我明白了，兩大強國的太空發展成就，大多數都是德國科學家的功勞。」

納爾遜又道：「除了佐斯以外，還有一個人，叫作海文．方。」

納爾遜口中的「海文」，乃是英文「HEAVEN」的譯音，那個英文單字，是天，天空的意思。我立即想起了方天來！

納爾遜看到我神色有異，頓了一頓，道：「怎麼，你不是認識這個人吧！」

我吸了一口氣，道：「你且說下去。」

納爾遜道：「這位方先生，據佐斯博士說，是一個奇才，那項計劃，實際上是由海文．方所主持，只不過因為方先生的來歷十分可疑，所以才以佐斯為名義上的主持人，關於決定性的計劃，必須佐斯博士的簽字，方能付諸實施。」

我已被納爾遜的話引得十分入神了。我已經可以料定，那個神秘的「海文．方」，一定是方天。這正是我所要追查的一個人。而納爾遜所說的事，又顯然和這個人有關，自然不能不使我大感興趣。

我催促道：「你快轉入正題吧。」

納爾遜先生道：「好，如今，那個國家所要求你做的事情，便是要你設法弄清楚，這位海文．方，是怎樣的一個人！」

我心中苦笑了一下，道：「為什麼要弄清楚這個問題，我可以知道麼？」

納爾遜先生道：「可以的。這項計劃，並不是幻想，而到了已將實現的階段，一艘巨大的太空船，已在某國的秘密基地，建造成功，準備昇空。這是一艘無人的太空船，準備在成功之後，再發射有人駕駛的太空船的。可是，卻發現海文·方在這個太空船上，加上了一個小小的船艙，可以使得他自己，容身在這個艙中而不為人所覺。」

我道：「這個人的樣子，你可以形容給我聽麼？」

納爾遜先生自袋中取出一隻信封，道：「這裏是他的兩幀照片。」

我連忙接了過來，抽出相片來一看。事情在我的意料之中，那正是方天！相片中的方天，和他的本人，完全一樣，瘦削的臉，閃着異采的眼睛，甚至他那特殊的蒼白膚色，在照片上也可以看得出來。

我苦笑了一下，道：「這個人如今在日本。」

納爾遜先生睜大了眼睛，面上露出了不相信的神色來，道：「你怎麼知道的？」

我道：「你先說他來日本的理由。」

納爾遜先生道：「因為發現了他在土星太空船中的秘密勾當，所以才給了他一個假期，將他支開那秘密基地，集中了科學家，來研究他這個行動的目的。研究的結果，卻證明他並沒有破壞這個太空船，相反地，太空船上，還多了不少有利於遠程太空飛行的裝置，這的確是莫名其妙的事，他為什麼不將這個行動，公開出來呢？所以，便懷疑他可能是替另一個強國服務的。」

我苦笑道：「來一個太空倒戈麼？」

納爾遜道：「太空科學到如今為止，政治意義大過科學意義，這並不是不可能的事——」

他才講到這裏，突然又傳來了一陣急驟的敲門聲，不等我們答應，門便被撞了開來。衝進來的是一位日本高級警官和一個歐洲人。那個歐洲人一進來，便向納爾遜道：「他失蹤了！」

納爾遜從躺椅上直跳了起來！

納爾遜給我的印象，一直是鎮定、穩重的，我從來也未曾見到過他那樣地激動過。他幾乎是在申斥那歐洲人，道：「失蹤了，你們是在幹什麼的？他是怎麼失蹤的？説，説！」

那歐洲人面色蒼白，一句話也説不出來。那位日本警官道：「我看可能是被綁。」

納爾遜呆了一呆，道：「被綁？」

警官道：「是，政治性的綁票。我們跟蹤的人報告説，他今天早上在羽田機場，曾被四個某國領事館的人員所包圍，但是他卻巧妙地擺脱了他們的糾纏。而當他離開了羽田機場之後，又有許多人跟蹤着他。」

我碰了碰納爾遜，納爾遜道：「那是説海文·方。」

我早知道他們所説的是方天了。我不再出聲，聽那日本警官講下去。

那警官道：「他本國的保安人員、日本警方、國際警方，再有一方面，便是某國大使館的人物，而結果——」

他面上紅了一紅，道：「我們相繼失去了他的蹤迹，所以我們懷疑他可能遭到了某國大使館人員的綁架。」

納爾遜先生團團亂轉，道：「這就不是我們的力量所能達到的了，失敗、可恥的失敗！」

那歐洲人的額上，沁出了汗珠。

我到這時候，才開口道：「着急是沒有用的。」

那日本警官向我望了一眼，他不知我是什麼人，但是他卻以日本人固有的禮貌，向我道：「是，我們已通知了東京所有的機場、火車站，大小通道，留意這樣的一個人，即使是大使館的車輛，也不可錯過。」

我道：「如果他被某國大使館綁架了，那他一定還在大使館內。」

我講到這裏，向納爾遜先生，使了一個眼色。

納爾遜和我合作，已不止一次了，他立即會意，向那兩人道：「你們繼續以普通的方法，去探索海文．方的下落。他是一個十分重要的人物，你們一定要盡你們的全力！」

那歐洲人抹着汗，和日本警官一齊退了出去。

我等他們兩人走了之後，才低聲道：「事情越來越複雜了，我必須採取特殊的方法，去看看方天是不是在某國大使館內。」

納爾遜望了我半晌，才道：「我不贊成。」

我拍了拍他的肩頭，道：「你放心，如果我被捉住了，那我就是一個普通的小偷，大使館方面，一定會將我交給當地警局的。」

納爾遜道：「你將在日間進行？」

我笑道：「偷偷摸摸的事，當然要到晚上。」

納爾遜道：「好，我可能今天不再和你見面，你要小心些。」

他一說完，便匆匆忙忙走了出去。我知道他是去作進一步的佈置，以防備某國特工人員，將方天運出日本去的。

我獨自一個人，仍坐在陽台上。我將這幾天來的事情，大略地歸納了一下。從草田芳子的意外，到某國探索土星的龐大太空發展計劃，以致東方集團特工人員的鬥爭，這些事，看來似乎是一點聯繫也沒有的。

但是，深明底細的我，卻知道其中大有聯繫。而聯繫着這些事的，便是方天，那神秘、詭異的藍血人！

根據納爾遜先生所述，方天已經是一個十分傑出的科學家了。

這不禁令我感到十分慚愧。當年在學校中，大家同一宿舍，如今，我有什麼成就呢？今天，輪到要我來弄清他的來歷，這更是一個重大的難題。當然我知道，方天有着一個十分犀利的秘密武器，他是不怕被人傷害，而只有他傷害人的，我對他的處境，一點也不關心。

但是我卻關心我自己，看來方天一直在想不利於我，兩次，我都僥倖地活了下來，我不能讓方天第三次得到成功，我要清除他第三次加害我的可能性！

那一天，我也被納爾遜感染了，變得十分焦躁，午飯後，更感到時間過得太慢。

我驅車進市區，目的在消遣時間。到了下午兩時，我發現有人在跟蹤我。那時，我正在散步，看着櫥窗。借着櫥窗玻璃的反光，我看到在對面馬路，有一個穿着和服的男子，正在裝着吸煙，但是卻不斷地在看我。

第五部

莫名其妙打一架

我不知道他是什麼人，然而在我走過了一條馬路，從櫥窗玻璃中看過去，仍然可以看到他的時候，我便知道他是跟蹤我的了。

我又走了幾條馬路，到二點三十分，我仍然發現那個日本男子跟在我的後面。

而在這三十分鐘之中，我竭力在想，為什麼在這裏，竟會有人跟着我。我準備在今晚，偷入某國大使館去查究方天的下落，那自然使我值得被跟蹤。然而那計劃卻只有納爾遜先生才知道。

那麼，這日本男子又是為什麼跟蹤我呢？

我來到了一條比較靜僻的馬路上，那男子仍亦步亦趨地跟了來。我站定身子，聽得身後的腳步聲，也停了下來。

我心中暗暗好笑，立即轉過身去，那穿和服的日本男子，俯下身去，弄着鞋子，我向他筆直地走了過去，那男子看出苗頭不對，轉過身向路口奔了過去。但是我早已向前跑出了幾步，攔在他的前面。

那男子還想轉身再逃，我早已一伸手，抓住了他的肩頭。那男子的態度，卻立即鎮靜了下來，反倒向我厲聲喝道：「你幹什麼？」

我冷冷地：「你幹什麼？」

那男子道：「笑話，你現在在抓着我，你反而問我幹什麼？」

我向那男子打量了幾眼，只見他面上一面強悍之氣，當然，要打架，我是絕不會怕他的，但是在眼前這樣的情形下，卻被他惡人先告狀，若是鬧起來，我只怕要耽擱不少時間。

我冷笑一聲，道：「好，這一次我饒了你，但是下一次，我卻不放過你了，你要小心一點才好！」那男子對他自己的所作所為，自然心知肚明，我一鬆開他，他便頭也不回地向前走了。

這是一件很有趣的事，剛才，那日本男子還在跟蹤着我。但是當他轉過馬路之後，我便開始跟蹤他了。我脱下了大衣，翻了過來穿着。

我的大衣是特製的，兩面可穿，一面是藍色，一面則是深棕色。同時，我自袋中摸出了一頂便帽，戴在頭上，以及取出一隻尼龍面罩，罩在面上。

只不過大半分鐘的時間，我在外表上看來，已完全是兩個人了。我快步地向前，走過了馬路。

只見在電線桿下，那男子和另一個男子，正在交頭接耳，向我走出來的方向指了指。

那男子大概是在通知另一個人繼續跟蹤，我敢打賭，那傢伙一定想不到我已經在向他走來了。

我在他身近走了過去，走過他的身邊之後，我便放慢了腳步，偷偷回頭來看他。

只見他目送着另一人離去之後，也向着我走的方向走來，我讓他超過了我，便遠遠地跟在他的後面。我要弄清楚，在日本有誰在跟蹤我！

那男子一直不停地向前走着，並沒有搭車的意思，我在他的後面，足足跟了一個小時，已經來到了東京最骯髒的一區。

在這樣的區域中，要跟蹤一個人而不被發覺，是十分困難的事，因為在兩旁低陋的房屋，當中狹小的街道中，全是滿面污穢的小孩子，在喧鬧追逐。你必須一面走，一面大聲呼喝，方能前進。

而你在大聲呼喝，自然會引起前面的人注意的。所以，我走不幾步，已想放棄跟蹤了。

但是，也就在此際，我卻看到前面的那個人，停了下來，回頭張望。我心中吃了一驚，立即大聲叱喝起來。因為我既已決定不再跟蹤下去，便自然犯不上再使那人覺察有人在跟蹤他，我大聲呼喝着污穢的孩子，正是以虛為實之計。

果然，那人的眼光只是在我的身上，略掃了一下，便又移了開去。

我心中暗暗好笑，自顧自地向前走了過去，當我在那人身邊走過的時候，我連頭都不偏一偏，而當我走過了七八步，才回過頭來，想看一看那人站在這樣的一條小街中心，究竟想幹什麼。

我一回過頭來，便不禁呆了一呆。

因為，剛才站在街中心的那人，已不見了。

他當然不可能趕在我的前面，自然也不會退到小街的另一端去的，因為街很長，我們已來到了街中心，他不會退得那麼快的。

唯一的可能是，他進了一間那種矮陋的房子，我不禁暗暗頓足，因為我只要不是那麼大意，就可以知道那人在這裏停下來，必然有原因的了！

現在事情自然還可以補救。我向前走出幾步，拍了拍一個十歲左右的男孩子的肩頭，道：「剛才站在街中心那男人，進哪一間屋子去了？」

那男孩子順手向一家指了指，道：「那裏！」

我循他所指看去，只見那間屋子的面前，有一個老大的污水潭，閃着五顏六色的油光，也發着令人作嘔臭味。每一個大城市，都有着美的一面和醜的一面，東京自然也不例外。看了這條街的情形，想像力再豐富的人，也不能想像到在同一城市之中，會有着天堂也似的好地方！

我閃開了追逐着的孩子，到了那間屋子之前，跨過了那污水潭，一伸手，推開了門。在陰暗的光線下，有兩個傴僂着背，正在工作的鞋匠，抬起頭，向我望來。

屋子十分小，有一個後門，可以通到一個堆滿了破玻璃瓶和洋鐵罐頭的院子，有一隻癩皮狗，正伸長了舌頭舐一隻空罐頭。

我抬頭向上看去，屋上有一個閣樓，雖然在冬天，但那閣樓上，也散發着一陣汗臭味。

我看到了這樣的情形，心中不禁莫名其妙。

那兩個鞋匠一直在看着我，其中一個問道：「先生，釘鞋麼？」

我問道：「剛才可有人走進來！」

那兩個鞋匠互望了一眼，道：「有人來？那就是你了，先生！」

我猛地省悟到，我可能給頑童欺騙了，頑童的順手一指，我便信了他，那當真可以說是陰溝裏翻船了！我尷尬地笑道：「對不起！對不起。」一面說，一面退了出去。

其中一個鞋匠，望着我的鞋，道：「先生，你的鞋跟偏了，要換一個麼？」

我並沒有在意，只是順口道：「不用了。」

我正開始轉身向門外走去，只聽得兩個鞋匠，打了一個呵欠，我心中正在同情他們辛苦的工作，但是，也就在此際，我突然感到，已有人到了我的身後！

我背後當然沒有長着眼睛，而我之能夠覺察到有人掩到了我的背後，那是一種直覺，是我多年冒險生活所培養出來的一種直覺。

我連忙手臂一縮，一肘向後撞去。

我聽得了「哎唷」一下呻吟聲，顯然，掩到我身後的人，已被我那一肘重重地撞中。而我也犯了錯誤，剛才我感到身後有人，但是我的直覺卻未能告訴我是幾個人。

就在我一肘撞中了一個人之際，我的腦後也重重地着了一下。

用來打我的，似乎是一隻大皮靴，如果換了別人，後腦上挨了那樣一擊，一定要昏過去了。但對我來說，那卻只不過令我怒氣上升而已。

我一個轉身，本來準備立即以牙還牙的。可是，我心念急轉，想到了我不知跟蹤我的是什麼人，而這一方面的人，竟然處心積慮，在這樣污穢的地區，派人扮着鞋匠，作為聯絡員，那當然不會是一個簡單的組織了。我何不趁機詐作昏倒，以弄清他們的底細？

我主意既定，便索性裝得像些，面上露出了一個古怪的笑容，身子一軟，便倒在地上。果然，我看到一個鞋匠，用來擊我後腦的，乃是一隻長筒大皮靴！

那兩個「鞋匠」，這時站直了身子，竟是一個身子極高的大漢，他面上的皺紋，自然是化妝的效果。

另一個「鞋匠」的身材，可能不在他的同伴之下，但這時他卻在打滾，捧住了肚子，哎唷之聲，不絕於耳。我剛才的那一肘，至少他要休息七八天才能復原！

站着的「鞋匠」揚了手中的靴子，向我走來，伸足在我腿上踢了一腳，我仍然一動不動。他向另一個人喝道：「飯桶，快起來！」

那人皺着眉頭，捧着肚子，站了起來，仍是呻吟不已，那「鞋匠」迅速地關上了門。

他們將我拖到了後院子中，放在一輛手推的車子之上，然後，再在我的身上，蓋了兩隻其臭難聞的麻袋，而且，又在我的後腦上重重地敲了兩三下。

為了弄清他們的來歷，我都忍着，反正我記得那「鞋匠」的面目，不怕將來不能連本帶利，一齊清算。我覺出自己已被推着，向外面走去。

那傢伙一面推着我，一面又搖着一隻破鈴，高聲叫着，他又從「鞋匠」而一變為收賣舊貨的了。我倒不能不佩服他的機智。

我約莫被推了半個小時左右，才停了下來。

我偷偷地將蓋在我身上的麻袋，頂開一道縫，向外看去。只見已經來到了一個十分乾淨的院子中，院中種着很多花卉，看來像是一個小康之家，那人將鈴搖得十分有節奏，只要一聽，便可以聽得出，他是在藉鈴聲而通消息。

我心中暗忖，這裏大概就是他們的地頭了，只見屋子的門移開，一個大漢，向外張望了一下，那傢伙迅速地將我推到了門前，兩個人一個抱頭，一個抱腳，將我抬了進去。

我將眼睛打開一道縫，只見屋子正中，有一個穿着黑色和服的老者，面色十分莊嚴，坐在正中，兩旁站列着四個人，那四個人中，有跟蹤我而又被我反跟蹤的男子在內。

連抬我的兩人在內，對方共是七個人，我心中暗忖，已到了發作的時候了。就在抬我的兩人，要將我放下來之際，我雙腿突然一屈，捧住我腳的人，隨着我雙腿的一屈，向前跌來。

我雙腳又立即向前踢出，重重地踢在他的面上，那假冒鞋匠在我後腦上敲了三四下的傢伙，發出了一聲驢鳴似的慘叫，身形向後一仰，面上已是血肉模糊，直跌出了三四步，才直挺挺地倒在地上。

而我雙腳一點地，身子突然一個反轉，抬住我頭的人，見勢不妙，慌忙將要後退之際，我早已兜下巴一拳，打了上去。

只聽得那人的口中，有骨頭碎裂之聲，那人後退了兩步，待在牆上，滿口是血，哪裏還講得出話來？

我的動作極快，打發了兩條壯漢，我相信還不到幾秒鐘的時間。然後，我拍了拍身上，整了整領帶，站在那老者和四個人的面前，道：「好，我來了，有什麼事？」

我相信我剛才的行動，一定令得他們震駭之極，所以一時間，誰也出不了聲。我一伸手，抹去了面上的尼龍纖維面罩，向那曾經跟蹤我的人一指，道：「哼，你不認識我了麼？」

我絕無意為我自己吹噓，我手向那人一指問，他連忙向後退去，連面色都變了。

五人之中，只有那老者的面色，還十分鎮定，他「嘿嘿」地乾笑道：「好漢！好漢！」

他一面向身邊的四人，使了一個眼色，四人一齊向後退去，散在屋子的四角，顯然是將我圍在中間了。我心中正在想，難道那老者在眼見我大展神威之後，他自己還要和我動手麼？

我之所以會這樣想，因為從那老者坐在地上的姿勢來看，一望便知他是柔道高手。

而正當我在這樣想之際，那老者的身子，已向前面滑來，來勢之快，實是出乎我的意料之外，當我覺出不妙時，他早已得手，我只覺得身子陡地向旁一側，已重重地摔在地上。

我立即一躍而起，那老者再次以極快的身法，向我衝了過來。我身子閃開，就勢向他的背上按去。因為那老者的身形，並不高大，所以我想，如果我一把按中了他的背部，五指一用力，可能將他提了起來。

怎知老者的身手，卻是異常矯捷，我手才按下去，他突然一個翻身，又已抓住了我的腰際，我再次被他重重地摔了一交。

我不是沒有學過柔道，但柔道卻不是我的專長。那老者的功夫，顯然在日本也是第一流的。我一連給他摔了兩交，第一交還可以說在毫無準備的情況之下被摔的，那第二下，卻是老者的功夫深湛了。

我一個轉身，側躍而起，也忍不住道：「好功夫。」

那老者目光灼灼，身形矮着，像鴨子飛奔一樣，身子左右搖擺，又向我撲了過來。我心中暗忖，若是再給他摔上一下，那也未免說不過去了，因之，在他未曾向我撲到之前，我便也向他疾衝了過去。

我向前衝去的勢子十分快疾，那老者顯然因為不知我的用意何在，而猶豫了一下。

他一猶豫，便給我造成了一個機會，我身子一側，肩頭向他的胸口撞去。那老者身形一矮，雙臂來抱我的左腿，我早已料到他有此一着，右腿疾踢而出，一踢在他的下頷之上。

那老者身子向後倒去，爬起來之後，面目發腫，口角帶血。

只見他一揮手，口中含糊地道：「你在這裏等着，不要離開。」

我冷笑道：「你們是什麼人？」

那老者帶着幾個人，已向後退去。我如何肯休，連忙追了出去，追到了後院，只見幾個人已一齊躍上了一輛大轎車，車身震動，已向外疾馳而去。倉卒之間，我連車牌號碼都未曾看清楚，車子便已經馳走了。

我呆了半晌，心中暗忖，那實是太沒道理了，莫名其妙地打了一架，結果卻連對方是什麼來歷都不知道。我轉到屋子中，逐個房間去找人，但整幢屋之中，顯然一個人也沒有。

我耐着性子在一間房間中等着，以待一有人來，便立即走出去。

可是一直等到我肚子咕咕亂叫，天色也黑了下來，也還是一點結果都沒有。我晚上還有要事待辦，其勢不能再等下去。

我從大門口走了出來，只見那輛手推車也還在，我出了門，記住了那所屋子的地址，準備第二天再來查究明白，看看這些人是為什麼跟蹤我。

我在一家小吃店中，吃了個飽，也不回旅館去，僱了一輛街車，到了某國大使館的附近下車。

第六部

偷運

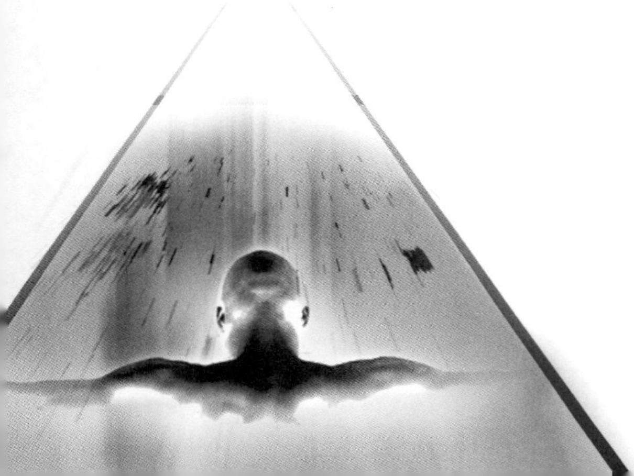

我又在附近蹓躂了近兩個小時，直到午夜，才漸漸地接近圍牆。某國大使館的建築，十分宏偉，圍牆也高得很出奇。

我在對面街的街角上，望了半晌。我手中拿着一隻酒瓶，口中也不斷含糊地唱着歌，裝出一副醉漢的模樣，以免惹人注目。

大使館中，只有三樓的一個窗口中，有燈光射出。

方天是不是在裏面，本是一個疑問，我又等了一會，到幾條馬路之外的電話亭處，和納爾遜先生通了一個電話，納爾遜告訴我，方天仍然下落不明，極有可能是在某國的大使館中！

我又回到了原來的地方，再度打量大使館的圍牆，要爬上去，自然不是難事，但難的是，就算爬了進去，又如何找尋方天的下落呢？

我並沒有呆了多久，將酒瓶塞在衣袋中，迅速地來到了牆腳下，伸手掏出一團牛筋。看來只不過如拳頭的大小，但卻有三十公尺長，而且恰好承得起一個人的重量，是攀高的妙物。我一揮手，牛筋上的鈎子，拍地一聲，已鈎在牆上了。我迅速地向上爬去，不到三分鐘，便已收好了那團牛筋，那時，我人已在圍牆的裏面了。

我緊貼着圍牆而立，只見就在其時，有幾個人從門口走了出來，步履十分快，顯出他們心中都有着十分重要的事情。

那幾個人走下了石階，其中一個，以這個國家的語言道：「再去留意通道，即使要由東京的下水道，將他運走，也在所不惜，上峰等着要這個人，絕不能遲！」

另外幾個人答應一聲，一齊向圍牆的大門走去，只有一個人，仍站在石階上。他的樣子，看來很熟悉，那自然是報紙上經常有他的照片發表的緣故，他就是大使了。那時候，我心念電轉，已經有了決定。

我可以根本不必去冒偷偷摸摸的險，我大可以堂而皇之地去見大使，並且向他提供幫助！因為從他剛才吩咐那幾個人的話中聽來，方天顯然在他們的手中，而且他們急於將方天帶離東京！

我一動也不動地站着，直到那幾個人出了鐵門，驅車而去，我才又拋出了牛筋，爬出了圍牆，然後，我大模大樣地轉到正門，大力揿着門鈴。

鐵門的小方洞中，立即露出一個人臉來，用日文大聲地怒喝道：「滾開！」

我笑嘻嘻地道：「我要見大使。」

那人罵了一句，還是道：「快滾！」

我冷冷地道：「大使會見我的，只要你對大使說，你們做不到的事，我做得到，這就行了，如果你不去報告，只怕你要被當成是不忠實分子了。」

最後的一句話，十分有效。那人關上了小鐵門，向裏面走去。我在鐵門外徘徊，約莫過了七八分鐘，才又聽得有人道：「你是什麼人？」

那一個講的是英語，十分蹩腳，我也以英語答道：「你們不必理會我是什麼人，如果你們有困難的話，那你們不必擔心什麼，只要肯出錢就是了。我一個人，還能夠搗毀你們的大使館麼？」

那人道：「你知道了些什麼？」

我道：「我什麼也不知道，但是我卻知道，東京警局總動員，封鎖了一切交通通道，所以，我便想到，事情可能和貴國有關！」

那人乾笑了兩聲，道：「好，請進來。」

鐵門軋軋地響着，打開了一道縫，我擠身走了進去，心中暗自好笑，心想某國大使館的力量，何等雄厚，但如今卻也不得不相信一個自己摸上門來的人。

剛才，我還是偷偷摸摸地攀牆而進的人，但此際我卻堂而皇之地請進了大使館。我才進門，便發現暗中走出了四個人，緊緊地跟在我的後面。

我自然不放在心上，因為見到了大使之後，他們便會將我當朋友了。

我踏上了石階，被引到了一間有着絕對隔音設備的房間之中，大使坐在椅中，冷冷地望着我，我身後仍有四個人在監視着。

大使望了我半晌，道：「你要什麼？」

我聳了聳肩，道：「我要坐下，可以嗎？」

大使向一張椅子指了一指，道：「就是這張，你還要什麼？」

我在椅上坐了下來，道：「我還要錢。」

大使的話，仍是簡單得像打電報，道：「要多少？」

我道：「那要看你們面臨着什麼困難而言。」

大使冷冷地道：「你有什麼辦法解決我們所不能解決的困難？」

我也冷冷地道：「那就是我賺錢的秘密了！」

大使不出聲，掏出了個煙斗來，裝煙、點火，足足沉默了三分鐘，他才忽然以煙斗向我一指，道：「搜他的身！」我一聽得那句話，不由得直跳了起來！

我的確未曾防到這一着，而只要一被他們搜身的話，我的把戲，便再也玩不下去了。因為他們只要發現納爾遜先生在日間給我的那份證件的話，便可以知道我的身分了，我跳了起來之後，大聲道：「我抗議。」

倒看不出，那大使還具有幾分幽默感，他冷冷地道：「抗議無效。」兩條大漢，已一左一右，將我挾住，另一條大漢，來到了我的身前。我自然可以輕而易舉地將他們打倒，但那樣一來，我自然再也出不了這座大使館了。

我大叫道：「搜身的結果，是你們失去了一個大好的機會。」

大使一揮手，那個大漢退開了一步，大使冷冷地道：「為什麼？」

我道：「你們膽敢侮辱我，那麼，不論多少錢，我都不幫你們的忙了。」

大使道：「你知道我們要幫什麼忙？」

我道：「你們有一樣東西，要運出東京去。」

大使的面色，變了一變。就在這時候，他身邊的一具電話，響了起來。大使抓起了聽筒之後，他的面色就一直沒有好轉過。

那個電話，顯然是比他更高級的人打來的，因為他只有回答的份兒，連講話的機會都沒有。

當他放下話筒之際，他的額上已冒出了汗珠。他再次揮了揮手，在我身旁的兩個大漢，也向後退了開去，不再挾住我了。

我雖然未曾聽到那打來的電話，講了一些什麼，然而，從大使灰敗的臉色看來，可知事情已十分嚴重和緊急了。

那嚴重和緊急，分明已使得他不及考慮我是否可信，而到了必須相信我的程度。他揮開了挾住我的大漢，不再搜我的身，便是證明。

我大大地鬆了一口氣，泰然自若地坐了下來。

大使摸出了手帕，在他已見光禿的頂門上抹着汗，道：「如果是很大件的東西，你也有法子在如今這樣的情形下，偷運出東京去麼？」

我聳了聳肩，道：「你得到的封鎖情報，詳細情形是怎樣的？」

大使來回踱了幾步，道：「所有的大小通道，都要經過嚴密的搜檢，而且，還出動了最新的雷達檢查器，你知道，這種儀器——」

我不等他講完，便道：「我知道，這種儀器可以在汽車速度極高的情形下，測出疾馳而過的車輛中，有沒有需要尋找的東西。」

（＊一九八六年按：這種「裝備」，略經改良，現今用來作為追緝開快車，真是大才小用之至。）

大使點了點頭，腦門子上的汗珠，來得更大滴了。

他沉聲道：「你還能夠給我們任何幫助麼？要知道，我們待偷運出去的東西，體積十分巨大！」

我道：「當然可以，不然我何以會來見你？不要說體積巨大，就算是一個人——」我講到此處，故意頓了一頓，只見大使和四個大漢的面色，陡地一變！我頓了極短的時間，立即又道：「——我也可以運得出去。」

從剛才那大使和四條大漢面色陡變這一點上，我幾乎可以肯定，他們要我運出去的，正是一個人。然而，接下來大使所講的話，卻又令我莫名其妙！

他乾笑了幾聲，道：「當然不是人，只是一些東西。」

我道：「什麼東西？」

大使瞪着我，道：「你的職業，似乎不應該多發問的？」

我碰了一個釘子，不再問下去。大使向四個大漢中的一人，作了一個手勢，那大漢推開了一扇門，向外走了出去。

大使轉過頭來，道：「由於特殊的關係，這件事，我們委託你進行，但是，你的一舉一動，還全在我們的人的監視之下，這一點你不可不明白！」

我心中十分猶豫，我雖然不怕冒險，但是我卻也從不牽入政治、間諜、特務這一類鬥爭的漩渦之中的。然而，眼前的情形，卻使我不得不進入這個漩渦了。當然，在那時候，我如果及時退出的話，是還可以來得及的。

但是，我又如何對納爾遜先生交代呢？

再說，方天的下落，這個藍血人的神秘行動，以及納爾遜口中所說的那個征服土星的計劃，和方天在巨型太空火箭上的特殊裝置，這一切，都是我急想知道的事情。如果我就此退出的話，我也難以對自己的好奇心作出交代！

我點了點頭，道：「自然，你可以動員一切力量來監視我的。」

大使道：「好，你要多少報酬。」

我道：「那要看你們待運的貨物而定。」

大使道：「那是一隻木箱，約莫是一立方公尺大小，重約一百五十公斤。」

我心中暗暗好笑，他們一定是將方天裝在那隻木箱中。

我故作沉吟道：「體積那麼大，我不得不要高一點價錢。但是我還希望有下一次的交易，又不得不收便宜一些……」

大使不耐煩道：「快說，快說。」

我伸出了兩個手指，道：「二十萬美金。」

大使咆哮了起來，道：「胡說！」

我站了身子，道：「再見。當你來找我的時候，價錢加倍。」

大使連忙又道：「慢……慢，二十萬美金，好，我們答應你。」他又向另一個大漢，使了一個眼色，那大漢立即走了出去。

大使坐了下來，道：「你要知道，我相信你，是十分輕率的決定。」

我笑了一下，道：「但是你卻只能相信我。」

大使苦笑道：「是，然而如果你弄什麼狡獪的話，你該相信，我們要對付一個人，是最容易不過的。」我聽了他的話之後，心中也不禁感到了一股寒意。的確，他們的拿手手段，便是暗殺，我以後要防範他們，只怕要花費我大部分的精力，這代價實在太大了一些。

但事情已發展到了這一地步，我也已騎虎難下，不能再退卻了。

我想了一想，道：「那不成問題，然而，我的一切行動，我所接頭的人，以及我所使用的方法，你們卻也不要亂來干涉我。」

大使望了我一會，道：「可以的。我們要在東京以西，兩百三十四公里外的公路交岔點上，收到這隻木箱，屆時，一輛大卡車，和一個穿紅羊毛衫的司機，將會在那裏等着。」

我道：「好，後天早上，你通知司機在那裏等我好了。」

「後天早上？」大使有點不滿意這個時間。

我攤開了雙手，道：「沒有辦法，困難太多了。」

大使半晌不出聲。沒有多久，先後離開的兩個人漢，都回來了，一個手中持着一隻脹鼓鼓的牛皮紙大信封，大使接了過來，交到我的手上，道：「照規矩，先付你一半！」

我打開相封，略瞧了一瞧，一大疊美鈔，全是大面額的。

另一個大漢道：「跟我來。」

大使道：「他帶你看要運出去的東西，你不必再和我見面了。」

我一笑，道：「除非下次你又要人幫助的時候！」

大使啼笑皆非地點一點頭。我便跟着那個大漢，向後走去，在大使館的後門口，廚房的後面，地上放着一隻大木箱。

那木箱外表看來十分普通，木質粗糙，就像普通貨運的木箱一樣，上面印着的黑漆字，寫着「磁器」、「請輕放」等字樣。

我走近去，用手指一摸那些字，黑漆還未曾乾，那顯然是第一個大漢出來時匆忙而成的傑作。

我走向前去，雙臂一伸，向前推了一推，的確有一百五十公斤上下的分量，在我一推之際，我還搖了一搖，我想，如果箱子中有人的話，一定會有響聲發出來的。但是我卻失望了，因為在搖動之際，一點聲音也沒有。

那大使冷冷地望着我，道：「你怎麼將箱子運離這裏？」

我笑着拍了拍他的肩頭。我故意用的力度十分大，痛得他齜牙咧嘴，但是卻又不好意思叫出來，我道：「你在這裏等我，四十分鐘之內，我帶運輸工具來，你可別離開此地！」

那大漢以十分懷疑的目光望着我，我則已催促着他，打開了門，讓我走了出去。

一出後面，寒風迎面撲來，我吸進了一口寒氣，精神為之一振。

雖然我知道，戲弄這個國家的特務系統，並不是一件鬧着玩的事情，後果是十分嚴重的。然而，我還是忍不住想笑了出來。

我才穿出了後巷，便發現至少有三個人，在鬼頭鬼腦地跟蹤我。其中有兩個，看來十分像日本人，但是我卻以為他們是朝鮮人。

我當然不去理睬他們，我也不想擺脱他們，直到我走到一個公共電話亭之前，才停了下來。當我回頭看時，我竟發現有六七個腦袋，迅速地縮回牆角去！

我心中苦笑了一下，這些跟蹤我的人，很可能帶有長程偷聽器，那麼，我連打電話都在所不能了！我迅速地想了一想，撥動了納爾遜先生給我的，和他聯絡的號碼，當他「喂」地一聲之際，我立即道：「我告訴你，大使館的賣買，進行得很順利。」

納爾遜先生立即便聽出了我的聲音。

而且，他也立即省悟到我之所以不明白交談，一定是防人偷聽之故。便道：「買賣順利麼？賺了多少？」

我道：「二十萬美金。」

納爾遜先生居然「噓」地一聲。

我敢相信他一定不知道我此際講的話是什麼意思，但是他的反應，卻配合得天衣無縫，和這樣的好手合作，的確是人生一大快事。

我忙又道：「如今，我要一輛車子，最好和警車一樣，真正的警車一樣，要用一個穿警察制服的人，駛到大使館後門來。半小時之內，做得到麼？」

納爾遜大聲道：「OK！」

那絕不是納爾遜先生的口吻，但是他此際說來，卻是維妙維肖。

他收線了，我不將話筒放上，偷眼向外面看去，只見在前面牆角旁有一個人，正迅速地從一本小簿子上，撕下一張紙條來，交給另一個人，而那個人則向大使館方面，快步疾走而去。

果然不出我所料，跟蹤我的人，果然有長程偷聽器，那小紙條上，自然是偷聽的報告，此際，由專人送給大使去審閱了。

我放下了話筒，吹着口哨，推開了電話亭的門，向外走了出來。

我故意在附近的幾個小巷之中，大兜圈子，時快時慢，將監視我跟蹤我的人，弄得頭昏腦脹，然而，我又直向大使館的後門走去。

在我將到大使館的後門之際，一輛警車，在我的身旁駛過，我快步趕向前去，那輛警車，已停在大使館的後門口了。

我來到了車旁，車門打開，一個穿着日本警察制服的司機，躍了下來。我向那個司機一望，便幾乎笑了出來，原來那正是納爾遜先生，經過了化裝，他看來倒十分像東方人。

我打着門，門開了一道縫，看清楚是我後，那大漢才將門打了開來。我向納爾遜先生一招手，我們兩人，一齊進了大使館的後院。

大使館中的人，當然早已接到報告了，所以對於一輛警車停在他們的後面，一點也不起疑，他們一定以為那是一輛假的警車！

我向納爾遜先生使了一個眼色，示意他不要出聲。

雖然他的眼光之中，充滿了好奇的神色，但他究竟是一個出色的合夥人，所以一聲也不出，我們兩人走進了大使館的後院。

那隻大木箱仍舊在，我向那個大漢作了一個手勢，逕自走到大木箱之前，雙臂一張，便將那隻大木箱抱了起來。那大漢面上露出駭然的神色來。一百多公斤的分量，對我來說，實在不算是怎麼一回事，我抱着大木箱，向外走去，納爾遜先生跟在我後面，還向那個大漢搖手作「再會」狀。

我出了後院，抬頭向上看去，看到三樓的一個窗子上，大使正自上而下地張望着。

我向他點了點頭，他也向我點了點頭。我將木箱放上了警車。那警車是一輛中型吉普改裝的，足夠放下一隻大木箱而有餘。

納爾遜先生則跳了上座位，一踏油門，車子如同野馬一樣，向前駛出。

納爾遜以極高的速度，和最熟練的駕駛技術，在三分鐘之內，連轉了七八個彎。我向後看去，清晨的街道，十分寂靜，我相信跟蹤者已被我們輕而易舉地擺脱了。

當然，以那個大使館的力量，可以在很短的時間內，便再度通過他們所收買的小特務，來偵知我們的下落，但那至少是半個小時後的事情了。在這半個小時之中，我們至少是不受監視的。

納爾遜先生向我一笑，道：「到哪裏去？」

我道：「你認為哪裏最適宜打開這隻木箱，就上哪裏去。」

納爾遜先生向那隻木箱望了一眼，眉頭一皺，道：「你以為木箱中是人麼？」

我呆了一呆，道：「你這話是什麼意思？」

納爾遜先生又道：「我認為一個裝人的木箱，總該有洞才是。」

那木箱是十分粗糙的，和運送普通貨物的木箱，並沒有什麼分別，當然木板與木板之間，是有着縫的，所以，我聽了納爾遜先生的話後，不禁笑了起來，道：「這些縫難道還不能透氣麼？」

納爾遜先生的語氣，仍十分平靜：「照我粗陋的觀察中，在木箱之中，還有一層物事。」

我呆了一呆，自袋中取出小刀，在一道木縫中插了進去。

果然，小刀的刀身只能插進木板的厚度，刀尖便碰到了十分堅硬的物事，而且還發出了金屬撞擊的聲音，連試了幾處，皆是如此。

我不禁呆了一呆，道：「可能有氧氣筒？」

納爾遜先生一面說話，一面又轉了兩個彎，車子已在一所平房面前，停了下來。

納爾遜一躍而下，街角已有兩個便衣警員，快步奔了上來，納爾遜先生立即吩咐：「緊急任務，請你們的局長下令，將所有同型的警車，立即全部出動，在市中到處不停地行駛，這一輛也要介入。」

那兩個便衣警員立正聽完納爾遜先生的話，答應道：「是。」

我知道納爾遜先生的命令，是為了擾亂某國大使館追蹤的目標，這是一個十分好的辦法。納爾遜先生向那所平房一指，道：「我們快進去。」

我從車上，抱起那隻大木箱，一躍而下，跟着納爾遜先生，一齊向那所平房之中走去。

那兩個便衣警員，在不到一分鐘時間內，便將警車開走了。

我們深信我們之來到這裏，某國大使館的人員，是絕對不可能知道的。我和納爾遜，到了屋中，我才將木箱放了下來。

屋中的陳設，十足是一家典型的日本人家，一個穿着和服的中年婦女，走了出來，以英語向納爾遜先生道：「需要我在這裏麼?」

納爾遜先生道：「你去取一些工具，如老虎鉗、鎚子、甚至斧頭，然後，在門口看看，如果有可疑的人來，立即告訴我們。」

第七部

神秘硬金屬箱

那日本中年婦人答應了一聲，一連向那木箱望了幾眼，才走了出去。

她的態度，引起了我的疑心，我低聲問道：「是什麼人？這裏是什麼地方？」

納爾遜先生也低聲道：「這是國際警方的一個站，她是國際警方工作的人員，平時完全以平民的身分，居住在這裏，說不定十年不用做一些事，但到如今，她有事可做了。」

我道：「她沒有問題麼？」

納爾遜先生道：「你不應該懷疑國際警方的工作人員的。」

我剛想說，那中年婦女剛才連看了那木箱幾眼，那表現了她的好奇心。而一個好的、心無旁騖的警方人員，是絕不應該有好奇心的。

只不過我的話還未出口，那中年婦女便已提着一隻工具箱走了進來，放在我們的面前，又走了出去。她雖然沒有再說話，可是她仍然向那隻大木箱望了好幾眼。

我心中暗暗存了戒心，但卻不再和納爾遜先生提起。納爾遜先生只是將帽子除下，連警察的制服都不及脫，便和我兩人，一齊動手，將那隻木箱，拆了開來。

才拆下了兩條木板，我們便看到，在木箱之中，是一隻泛着銀輝的輕金屬箱子，那可能是鋁，也可能是其他輕金屬合金。

我本來幾乎是可以肯定在那木箱之中，一定藏着被注射了麻醉藥針的方天的。然而這時候，我的信念開始搖動了。

因為若是裝運方天，又何必用上這樣一隻輕金屬的箱子呢？

沒有多久，木板已被我們拆除，整個輕金屬的箱子，也都暴露在我們的面前。說那是一隻箱子，倒還不如說那是一塊整體來得妥當些，因為在整個立方體上，除了幾道極細的縫外，幾乎什麼縫合的地方也沒有。我舉起了一柄斧頭，向着一道細縫，用力地砍了下去，只聽得「錚」地一聲，斧刃正砍在那道縫上，但是一點作用都不起。那種金屬，硬得連白痕都不起一道。

納爾遜先生在工具箱中，拿起了一具電鑽，接通了電，電鑽旋轉的聲音，刺耳之極，可是鑽頭碰到那金屬箱所發出的聲音，卻更令人牙齦發酸，只聽得「拍」地一聲，鑽頭斷折了。而在箱子的表面上，仍是一點痕迹也沒有！

納爾遜連換了三個鑽頭，三個鑽頭全都斷折。

他歎了一口氣，道：「沒有辦法，除非用最新的高溫金屬的切割術，否則，只怕沒有法子打開這一隻金屬箱子來了。」

我苦笑了一下，道：「焊接這樣的金屬箱子，至少需要攝氏六千度以上的高溫，所以——」

納爾遜先生接上口去，道：「所以，箱子裏面，絕對不可能是方天。」

我輕輕地敲擊着額角，想不到我自己妙計通天，令得某國大使館親手將方天交到了我手中，但結果卻完全不是那麼一回事！

我強自為自己辯解，道：「我聽得十分清楚，在大使館中，有人說『即使經由東京的下水道，也要將它運走』的！」

納爾遜道：「那可能是某國大使館外籍僱員說的，那僱員可能連某國語言中『他』和『它』的分別也未曾弄清，以致你也弄錯了。」

我再將當時的情形想了一想，當時我隱身在牆下的陰影之中，只見大使送幾個人出來，有人講了那樣的兩句話，我以為那是大使說的，因為那句話中，帶着命令的口吻。

但究竟是不是大使說的，這時連我也不能肯定了！

我「砰」地一拳，擊在那金屬箱子上，道：「我再去找他們。」

納爾遜道：「還有這個必要麼？方天不一定在某國的大使館中！」

我苦笑道：「那麼他在什麼地方？」

納爾遜先生道：「我相信他還未曾離開東京，我們總可以找得到他的，倒是這隻箱子……」他一面說，一面以手指敲着那隻箱子，續道：「裏面所裝的，究竟是什麼東西呢？」

我聳了聳肩，道：「誰知道？」

我因為自己的判斷，完全錯誤，心中正十分沮喪，所以回答那「誰知道」三個字之際，聲音也未免粗了些。納爾遜先生一笑，道：「你想，這難道不是一件很有趣的事情麼？我們封鎖檢查大小交通孔道，是為了對付方天，但某國大使館卻起了恐慌，你說，這箱子中的東西，是不是十分重要？」

我聳了聳肩，道：「反正和我無關。」

納爾遜望着我：「和你有關！」

我道：「為什麼？」

納爾遜道：「我和你分工合作，我繼續去找海文·方，你去調查一下這隻大金屬箱的來歷，我相信這是十分容易的事，因為可以焊接這種高度硬性輕金屬的工廠，在日本，我看至多也不過三四家而已。」

我耐着性子聽他講完，才道：「我不得不掃興了，我不去調查這箱子，我仍要去尋找方天，因為我和他之間，還有點私人的糾葛。」

納爾遜先生道：「或者這箱子，還包含着十分有趣的事哩！」

我笑了笑，道：「我相信沒有什麼事，有趣得過方天了，你可知道方天體內的血液，是藍色的，就像是藍墨水一樣的麼？」

納爾遜呆了一呆，道：「你在説什麼？」

我道：「怪事還多着啦，如果你可以不和人説，我不妨——告訴你。」

納爾遜先生道：「快説，我們受了某國的委託，正要詳細地調查海文·方的一切。」

我點了點頭，但是事情實在太複雜怪異了，一時之間，我竟不知從何說起好。我沉默了片刻，才道：「方天是我大學時的同學。」

納爾遜先生道：「是你的同學，好，那麼再好也沒有了！」

納爾遜先生大聲説着，想不到他的話，竟起了迴音，在門口突然有另一個聲音道：「再好也沒有了，的確再好也沒有了！」

我和納爾遜兩人，都陡地吃了一驚。

我們的確一點預防也沒有，因為我們在大門口，派有把風的人，就是那個中年日本婦女，而據納爾遜先生説，那人又是可靠的。那麼，有人來的話，我們至少應該聽到聲息才是。

而如今，我們一點聲息也沒有聽到。當我們抬起頭來時，三個男子，手中各持着手槍，已對準了我們。

我和納爾遜先生，在這樣的情形下，不得不一齊舉起雙手來。

三個男子之中，正中的那個又道：「太好了，的確太好了！」他一面説，一面扳動了機槍。

子彈呼嘯而出，射向那隻金屬箱子，他手指不斷地扳動着，連放了七下，將槍中的子彈，全部射完，每一顆子彈，都打中在金屬箱子上。

但是，每一顆子彈，也都反射了出來。刹時之間，子彈的呼嘯之聲，驚心動魄。我和納爾遜先生，都不是沒有見過世面的人，但是那時候，我們兩人也為之面上變色。因為那人只要槍口稍歪了一歪，子彈便會向我們兩人的身上，招呼過來了。

而且，就算那人不打算射擊我們。反射開來的子彈，也可能擊中我們，而子彈反彈開來的力道，也是十分之大，如果被擊中了要害，只怕也難免一死！

那人連發了七槍，大約只用了十秒鐘的時間，但在我的感覺之中，那十秒鐘，當真長得出奇。

好不容易，那人一揚手，哈哈大笑起來，我和納爾遜才一起鬆了一口氣。

只聽得他笑了幾聲，道：「是了，獨一無二的硬金屬箱，哈哈，終於落到了我的手中。」

我和納爾遜兩人，到這時候，仍然不明白那硬金屬的大箱中，裝着什麼。

看那人的情形，顯然是知道的，而鑄成那隻箱子金屬的硬度，也的確驚人。七粒子彈，在那麼近的距離向之射擊，但結果只不過是出現了七點白印而已。

納爾遜先生立即問道：「箱子中是什麼？」

那男子聳了聳肩，拍着手掌，立時有四個大漢，向前湧來。

那男子大聲喝道：「退到屋角去！」

我和納爾遜兩人，在這樣的情形下，除了服從他的命令之外，一點辦法也沒有。我們退到了屋角，那四個大漢已在一起將那隻箱子，托了起來，向外走去。

在那時候，我和納爾遜先生兩人，不約而同地互望了一眼，顯而易見，我們兩人心中，都想到了那是我們的一個機會！

當那幾個人在門口出現的時候，我們措手不及，簡直一點反抗的餘地也沒有。而那幾個人，如今還站在門口。

很明顯，他們雖在對付我們兩人，但主要的目的，還在於那大隻箱子，那四個大漢當然是要將大箱子托出門外去的。門並不寬，僅堪供箱子通過。所以，站在門口，以槍指住我們的兇徒，不是後退，便是踏向前來，總之非移動不可。

而只要他們一移動，我和納爾遜兩人，就有機會了。我們相互望了一眼之後，仍是高舉着雙手，站立不動，等着意料中的變化的來到。

那四個大漢，托着箱子，來到了門口。

那為首的男子，伸指在箱子上叩了叩，又向那箱子，送了一個飛吻，和其餘四人，身子一齊向後，退開了一步！

他們向後退，那更合乎我們的理想！

他們顯然是想向後退出一步，閃開來，讓那托着箱子的四個大漢通過去，再來對付我們的。可是，他們卻永遠沒有這個機會了！

當那四個大漢的身子，剛一塞住門框，阻住了我們和監視我們的槍口之際，納爾遜先生以意想不到的快手法，抽出了他的佩槍來。

他槍才一出手，便連發四槍。

那四槍，幾乎是同時而發的，每一槍，都擊中在托住箱子的四個大漢的小腿上。

那四人小腿一中槍，身子自然再站立不穩，向前猛地跌出。而他們肩上的箱子，也向前跌了出去。別忘了那隻箱子，有一百多公斤的份量，一向前跌出，我們立時聽得幾個人的慘叫之聲，那顯然是有人被箱子壓中了。

在人影飛掠之間，我已經一個箭步，搶到了門口，我只見那為首的男子，舉步向外逃去，我正想一伸手，想將他抓住之際，忽然聽得納爾遜先生叫道：「住手，不要動手！」

我立即停住，在我剛聽到納爾遜呼叫一瞬間，我還以為那些人是警方人員，大家是自己人，鬧了誤會而已。

但我一停了下來，便知道我料錯了。同時，我也知道納爾遜為什麼叫我停手的原因了。

剛才，我們還以為入屋的敵人，不會超過十個人。但這時我卻知道敵人遠不止這個數目，至少有三十個人之多，屋子之內，已滿是敵人，從一個窗口中，有兩挺手提機槍，伸了進來，一挺指着納爾遜先生，一挺指着我。

看這情形，剛才若不是納爾遜先生及時出聲阻止了我，只要我一出手的話，那麼，手提機槍便會向我開火了。我苦笑了一下，納爾遜先生已經道：「好，我們放棄了，我想，槍聲已驚擾了四鄰，你們也該快離開了！」

那為首的男子，一臉殺氣，一伸手，在他身邊一人的手中，奪過了一柄槍來，我和納爾遜兩人，立即知道他準備殺我們。納爾遜先生又大叫：「伏下！」

我剛來得及伏下，便聽得兩下槍聲。

那兩下槍聲，和另一下「蓬」地聲響，同時發出，我不知道那「蓬」的一下聲響是什麼所發出來的，但是在不到一秒鐘的時間中，整間房間，便都已為極濃重的煙霧所籠罩。

我只覺得眼睛一陣刺痛，連忙閉上了眼睛，但是眼淚卻還如同泉水一樣地湧了出來。那是強力的催淚彈，不問可知，一定是納爾遜先生所發出來的了。

我身子在地上，滾了幾滾，滾到了牆壁之旁，一動也不動。

那時候，只聽得呼喝之聲和槍聲四起，在這樣的情形下，是死是生，除了聽天由命外，可以說是一點其他的辦法也沒有的。

喧鬧聲並沒有持續多久，便聽得一陣腳步聲，向外傳了開去，接着，便是幾輛汽車，一齊發動的聲音。在汽車發動之際，我聽得一個女子叫道：「將我帶走，將我帶走！」

然而，回答她的，卻是一下槍響。

我聽出那女人正是納爾遜先生認為十分可靠的那個日本中年婦女，這間屋子的主人。事情已經很明白，那一夥歹徒，正是她叫來的，所以才能神不知鬼不覺地出現，將我們制住。

而那中年婦女在通風報信之後，想要那些人將她帶走，結果不問可知，她吃到了一顆子彈！

我心中暗歎了一聲，不斷地流淚，實在使我受不住，我站起身來，便向外衝去。

我衝到了院子中，又見另一個人，跌跌撞撞，向外衝來，那是納爾遜先生了，我連忙走過去將他扶住。他和我一樣，雙目紅腫，流淚不已。

但我卻比他幸運，因為他左肩上中了一槍，手正按在傷口上，鮮血從指縫中流出來。

我扶着他，來到了院子中，我們四面一看，立即看到那日本中年婦女的屍體。納爾遜先生望着屍體，向我苦笑一下，道：「都走了。」

我道：「都走了，我相信他們，也有幾個人受傷。」

納爾遜先生道：「可是那隻箱子，還是給他們帶走了，他們退得那樣有秩序，倒出於我的意料之外。」

我道：「那先別去管它了，你受了傷，我去通知救傷車。」

納爾遜先生道：「將我送到醫院之後，你自己小心些，照我看來，事情永遠比我想像之中的要複雜得多。」

我聳肩道：「我有興趣的，只是海文．方的事。」

納爾遜先生道：「所發生的事情，都是有聯繫。」

我不服道：「何以見得？」

納爾遜先生道：「唉，如今似乎不是辯論的好時候，快去找救傷車吧！」

我將納爾遜先生扶到了另一間屋子中，令他坐了下來，我打了電話，不用多久，救傷車便到了，納爾遜先生不要我跟上救傷車，卻令我在後門的小巷中，向外面走去。

我一路只揀冷僻的小巷走，回到了旅館中，才鬆了口氣。

因為如今，我已失去了那隻箱子，某國大使館卻不是好吃的果子！

我剛定下神來，便有電話鈴聲，響了起來。

我想那可能是納爾遜先生從醫院中打來給我的，所以立即執起了聽筒，怎知，對方的聲音，十分低沉，首先「哈」地一聲，道：「雖然給你走脫了，但是你的來歷，我們已查明了！」

那一句沒頭沒腦的話，的確令我呆了一呆。

但是我認得出，那是某國大使的聲音。

我吃了一驚，道：「你打錯電話了，先生。」

某國大使「哈哈」地笑了起來，他雖然在笑，然而卻可以聽得出，他的心中，十分焦慮。

只聽得他道：「我認為你還是不要再玩花樣的好，衛斯理先生！」

他將最後那一個稱呼，用特別沉重的語調說出，我心中不禁暗自苦笑，只得道：「那你緊張些什麼，我認為你不應該和我通電話。」

大使道：「我們看不到你在工作。」

我實在忍不住，用他們國家的粗語，罵了一句，道：「時間還沒有到，你心急什麼；他媽的你們若是有本事，不妨自己去辦。」

大使倒也可以稱得上老奸巨猾四字，他並不發怒，只是陰笑幾聲，道：「你別拿你自己的生命開玩笑！」我不再理他，「砰」地一聲，掛了電話。

我心中不禁暗暗叫苦。一直到如今為止，我至少已得罪了三方面的人馬，而除了某國使館之外，那個擅柔道的日本老者，以及搶了大箱子的歹徒，是何方神聖，我都不得而知。

我如今雖然在旅館之中，但是我的安全，是一點保障也沒有的。

我已經失去了那隻大箱子，若是到了時候，交不出去的話，我怎能躲避某國使館的特工人員？

我一向自負機智，但這時卻有了即使天涯海角，也難逃噩運之感！我不禁十分後悔某國使館之行。因為當時，我以為方天是在某國大使館中，如今才知道原來完全不是那麼一回事。

雖然納爾遜先生一再説那大箱子和方天有關，但是我卻相信，兩者之間，並無關連。我在旅店的房間之中，來回踱了好久，才想出一個暫時可以躲避的地方來。

我如果不能在和某國大使約定的時間之前，將那隻大箱子找回。那麼，我唯一的辦法，便是藏匿起來。而藏到醫院去，不失是一個好辦法。而且，在醫院中，我還可以和納爾遜先生一齊，商議對策。

我主意一定，立即開始化裝，足足花了大半小時。我已變成了一個清潔工人了。我將房門打開了一道縫，向外看去。

只見走廊的兩端，都有行迹可疑的人，他們相互之間，還都在使着眼色。顯然，對我的監視，十分嚴厲。但是我卻並不在乎，因為我已經過了精密的化裝。

我將門打開，背退着走了出來。雖然我是背退着走了出來，但是我仍然可以覺得到，不少人的眼光集中在我的身上，我裝着一點也不知道，反向門內鞠躬如也，道：「浴室的暖水管，不會再出毛病了，先生只管放心使用。」

屋子中本來只有我一個人，我一出來房中當然已經沒有人了，我對着空房間講話，自然是為了要使監視我的人，認為衛斯理還在屋中，出來的只不過是個清潔修理工人而已。

這是一種十分簡單的策略，但是卻往往可以收到奇異的效果。

我話一講完，立刻帶上了門，轉過身來，向走廊的一端走去，同時，取出一煙來，叼在唇邊，向一個監視着我的人走去，道：「先生，對不起，借個火。」

那傢伙的眼睛仍然盯在我的房門上，心不在焉地取出了一隻打火機給我。

我向監視我的人「借火」，只不過自己向自己表示化裝術的成功而已，是並沒有別的用意在內的。可是，當我一將那隻打火機接到手中來時，我心中不禁為之猛地震了一震！

那隻打火機的牌子式樣，全部十分普通，本來不足以引起我的驚異的。可是，在打火機身上，那用來鐫刻名字的地方，卻刻着一個類似幾瓣花瓣所組成的圓徽。

令得我吃驚的，就是這個圓徽。

因為我認得出，那是在日本一個勢力十分大，而且組織十分神秘莫測的黑社會的標誌。那傢伙將這種標誌刻在他的打火機上，那麼，他一定是那個黑社會組織中的一員了。

據我所知，那個黑社會的組織，是借着「月光之神」的名義組織起來的，所以它的名稱，便叫着「月神會」，據資料，在數十年前，這個組織，還只是北方漁村中無知村民的玩意兒，因為那些地方的漁民，相信皎潔的月神，會使他們豐收。

而在第二次世界大戰結束之後，日本在混亂中求發展，在經濟上，獲得了頗足自豪的成就，但是在思想上，卻愈來愈是混亂。本來，日本自有歷史以來，便未曾有過一個傑出的思想家，但由於經濟上向西方看齊的結果，使得日本原來固有的思想，也受到了西方思潮的衝擊。

在那樣的情形下，有人提倡月光之神，是大和民族之神，將北方漁村中的愚教，搬到了城市之中，信徒竟然越來越多，到如今，「月神會」已是日本第二個黑社會大組織了。

可是，據我所知，「月神會」的活動，和其他黑社會卻有不同之處，它主要的活動，便是使信徒沉浸於一種近乎發狂的邪教儀式之中，說它是個黑社會組織，還不如說是一個邪教來得好些。

而我之所以在這裏，將之稱為黑社會組織，那是因為月神會的經費，一方面來自強迫攤派，另一方面，卻來自走私、販毒等大量的非法活動之故。

而「月神會」的幾個頭子，都在日本最着名的風景區，有着最華麗的別墅，那是人盡皆知的事實了。

我之所以震驚的原因，是因為我絕想不透為什麼「月神會」也派有人在監視我，因為我和這個組織，一點恩怨也沒有！

而且，我至少知道，如今監視我行動的，除了某國大使館的人馬之外，還有以神秘着稱的「月神會」中的人物。

是不是還有別的人呢?目前我還是沒法子知道。

我在那片刻之間，心念電轉，不知想了多少事，但是我的行動，仍是十分自然，我將打火機「拍」地打着，燃着了煙，連望也不向那人多望一眼，只是道：「謝謝你！」

我一面噴着煙，一面便在監視我的人前面，大搖大擺地走了出去。

出了旅店，我才鬆了一口氣，只見旅店外，也有不少形迹可疑的人在。我來日本，只不過是為了鬆弛一下太緊張的神經的，卻想不到來到了這裏，比不來還要緊張，當真一動不如一靜了。

我哼着日本工人最喜哼的歌曲，轉了幾條街，才行動快疾起來。我轉換了幾種交通工具，來到了一所醫院之前。

納爾遜先生在臨上救傷車之前，曾向我說出他將去的醫院的名稱，所以我這時才能找到這裏來。這也是納爾遜先生的細心之處。

要不然，他進了醫院，我為了躲避監視我的人而遠去，我們豈不是要失去聯絡了？

我不但知道納爾遜先生是在這間醫院之中，而且，我早已知道了他在日本的化名，所以，並不用花多少時間，我便和他相會了。

他住一個單人病房，很舒適，他的氣色看來也十分好。和我見面之後，第一句話便問道：「那隻箱子，落到了什麼人的手中，你有線索麼？」

納爾遜先生念念不忘那隻箱子，我卻十分不同意他的節外生枝。但當時，我卻並不多說什麼，只是道：「沒有。」

納爾遜歎了一口氣，道：「我們也沒有。」

我打開了病房的門，向外看了一眼，見沒有人，才低聲道：「可是我卻有新發現，在我的住所之外，監視我的人之中，有某國大使館的特務，但居然也有月神會的人物！」

第八部

博士女兒的戀人

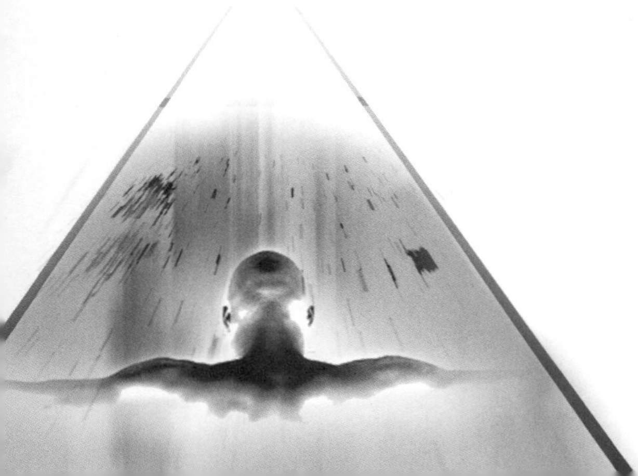

納爾遜自然是知道什麼叫做「月神會」的，所以，我用不着多費唇舌，向他解釋。納爾遜道：「你不說，我也想告訴你了。」

我訝異道：「你是怎麼知道的？」

納爾遜道：「本地警局接到報告，在一個早被疑為是月神會聚會活動的地方，發生了一場打鬥，打鬥的另一方，只是一個穿西裝的年輕人，我便想到，那可能就是你了！」

我呆了一呆，不覺「噢」地一聲，道：「原來那是月神會的人物！」

我想起了那個精於柔道的老者，那兩個假扮窮皮匠大漢，以及他們的突然離去，的確都充滿了神秘詭異的色彩。

照這樣說來，月神會之注意我，還在某國大使館之前了。因為在我和那精於柔道的老者動手之際，我還未曾和某國大使會面哩。

我呆了半晌，將那場打鬥的情形，向納爾遜簡略地說了一下，便道：「如今，如果你只想追回那箱子下落的話，那麼，我便要單獨設法脫身了。」

納爾遜不再言語，當然他心中是在生氣，但因為我並不是他的下屬，所以不能對我發脾氣。

納爾遜好一會不説話，才輕輕地歎了一口氣，道：「我想不到你會這樣説法的。」

我提高了聲音，道：「我是為了方天，才勉強介入那種危險而又無聊的漩渦之中的，如果只是為了勞什子金屬箱子的話，那我自然要退出了。」

納爾遜望着窗外，道：「好，可是在一千萬人口以上的東京，你怎能找到方天呢？」

我道：「你説方天到日本來，是某國太空發展機構最高當局給他的一個假期，難道他可以不回去報到麼？到了那時，他不就自然出現了麼？」

納爾遜道：「不錯，假期的時間是三個月，如今已過去一個月了。方天假期結束之後，某國的探索土星計劃，也到了非實施不可的時候了，便沒有時間，再對他作全面的調查了。」

我不服道：「為什麼？」

納爾遜道：「我也不十分清楚，大致是因為環繞着土星的那一圈光環，是某一種地球上所沒有的金屬游離層。如今的計劃，是要憑藉那游離層的特殊吸引力使得太空船能夠順利到達，而游離層的吸引力，卻是時強時弱的，如果錯過了兩個月之後的那次機會，就要再等上幾十年，才會有同樣的機會了。」

整件事情的複雜，可以說已到了空前的程度。

它不但牽涉到了地球上的兩個強國，而且，還關係到離開地球那麼遠的星球，而關鍵，又在一個神秘的，有着藍色血液的人上！

我只感到腦中嗡嗡作響，一點頭緒也沒有。好一會，才道：「依你之見，又當如何呢？」

納爾遜道：「我的意思是，不論是什麼人在跟蹤你，你都不加理會，我深信你能夠安然地擺脱他們的，目前，你最要緊的，是去調查那隻硬金屬箱子的來源，在日本，能夠焊接——」

他已經講過那句話的了，所以，我不等他講完，便打斷了他的話頭，道：「為什麼？」

納爾遜直視着我，道：「因為我相信兩件事是有連繫的，你到某國大使館去，雖然未曾找到方天，但是發現了那隻神秘的金屬箱子，我深信那箱子是所有事情的重要關鍵。」

我苦笑了一下，心中暗忖，要調查那隻箱子的來源，的確不是難事，本來我可以一口答應了下來的，然而在如今這樣的情形下，我實在不想做！

納爾遜先生道：「如果你不想去的話，傷癒之後，我自己會去進行的。」

我道：「難道國際警方，再派不出得力的人來了麼?」

納爾遜輕歎了一聲，道：「我相信你也有這樣的感覺，要找一個合作的對手，並不是容易的事情，而你是個最適合的人了。」

我的心中，陡地升起了一股知己之感，我站了起來，道：「我如今就去進行。」

納爾遜道：「關於這件事，我如今也是一點頭緒沒有，但我可以向你提一個忠告，你別將事情看得太簡單了。」

我道：「我在東京，認得幾個有名的私家偵探，我相信他們可以幫我一下的。」

納爾遜先生急道：「可是千萬別向他們説出事情的真相來。」

我點頭道：「知道了。」我向門口走去，還未到門口，納爾遜已道：「你回來，關於海文．方的資料，你還未曾向我講完哩。」

我又回到了他的病牀旁邊。上次，我剛要向他提及海文．方的一切，被那群歹徒的突然出現，而打斷了我的話頭。

這一次，沒有人再來打斷我的話頭了。

我向納爾遜詳細地講述着方天的怪血液，以及他似乎有着可以令人產生自殺之念，並付諸實行的可怕的「催眠」力量，以及他有着亮光一閃，便幾乎使我不能再做人的神秘武器。

關於方天的一切，聽來是那麼地怪誕，若不是納爾遜已和我合作過許多次，知道我對他所講的絕不是虛語的話，他可能以為我是在發夢囈了。

他靜靜地聽我講完，道：「這件事，我要向最權威的醫界人士請教，何以人會有藍色的血液，然而，藍色的血液，和他在某國土星探索計劃中所做的事，有什麼關係呢？」

我道：「或者他想一鳴驚人？」

納爾遜道：「如果是這樣的話，那也不值得大驚小怪了。問題就在於他在太空船上，加多了一個單人艙位，像是他準備親自坐太空船，飛上太空去一樣！」

我道：「他這樣做，是不是破壞了太空船呢？」

納爾遜道：「並沒有破壞太空船，我已經和你說過了，相反地，他在太空船上，增添了不少裝置，經過研究的結果，這些裝置，是有利於太空飛行的。最近我還接到報告，說某國的科學人員，又查明了方天的一項新裝置，是他自己發明的。」

我心中大是好奇，道：「那是什麼？」

納爾遜道：「他做了一個裝置，可以利用宇宙中的某一種放射線，成為一種光能，保護太空船，使得太空中的隕星，在碰到那種保護光的時候，便立即變為微小的塵埃！」

我失聲道：「單是這一項發明，已足可以使他得到諾貝爾獎金了！」

納爾遜道：「所以某國的科學家一致認為他是獨自在改進土星的探討計

劃，而不是在破壞，正因為如此，所以對他的調查，也是在暗中進行的，海文·方本身，並不知道。」

我來回踱了幾步，道：「你如此深信那隻箱子，和海文·方有關，又是為了什麼？」

納爾遜搓了搓手，道：「有些事，是很難説出為什麼來的，那只是我的一種直覺。但是我認為，那隻箱子，恰好在我們全力對付海文·方的時候出現，而某國大使館又對之看得如此嚴重，這其中還不是大有文章麼？所以我相信事情可能和海文·方有關。」

我歎了一口氣，道：「好，我不妨去調查一下那隻箱子的由來。但是，我將仍追尋方天的下落。」

納爾遜伸手在我的肩上拍了一拍，道：「不要忘了你還是月神會和某國大使館的目標。」

我苦笑了一下，道：「我到日本來，是想休息一下的，卻不料倒生出了這麼多麻煩來。」

納爾遜意味深長地道：「人，是沒有休息的。」

我轉過身，向病房門口走去，道：「希望你和當地警局聯絡一下，我本來是準備在醫院中棲身的，但如今既然要活動，便不能留在醫院中了，我想作為當地警局新錄用的一名雜工，並且希望能夠在警局工役宿舍中，得到一個牀位。」

納爾遜道：「容易得很，一小時後，你和我聯絡，我便可以告訴你該在何處過夜了。」

我不再多留，逕自走了出去。

我的身分，將一變而為當地警局的雜工了，我想起那些還在旅店房門外等我的人，心中不禁又好笑起來。我出了醫院，在一家小咖啡座中坐了下來，攤開在路上買來的報紙，見好幾家報紙，都在抨擊警方最近突然實施的嚴厲檢查制度。

我心中又不禁暗暗歎息。因為那樣嚴厲的檢查，並沒有使方天出現。

方天可能還在東京，但是，他隱藏了起來，是為了什麼呢？

難道他已經知道了我沒有死在北海道的雪地之中，也來到了東京，仍不肯放過我？我想到這裏，心頭不禁感到了一股寒意。

老實說，我絕不怕力量強大的敵人，我曾經和人所不敢正視的黑手黨和胡克黨交過手。但是方天，他卻是那樣一個神秘而不可測的人，直到如今，我仍然不明白方天使我受到那麼重傷害的，是什麼武器！

接着我看到報紙上，有一則十分奇怪的尋人廣告，道：「藤夫人店中棋友注意，速與我聯絡。佐佐木青郎。」

首先吸引我的，便是「佐佐木青郎」這個名字，因為那正是在醫院中為我治傷的佐佐木博士，而「藤夫人店中棋友」，自然就是我了。

我自出了醫院之後，便未曾再和他聯絡過，在醫院中，我也沒有地址留下過。這位世界着名的醫學博士，有什麼急事要見我呢？

在尋人廣告中並沒有佐佐木博士的地址，但要知道他的住址，實在是太容易了，只消隨便撥電話去任何一家報館，便可以知道了，因為佐佐木博士是日本有名的醫生。我喝完了咖啡，就以這個方法，得到了佐佐木博士的地址。但我卻並沒有立即就去的意思。

我擠上了擁擠的公共汽車，沿途向人問着路，東京的道路之混亂，世界任何城市，無出其右，在一個小時之後，我到了一幢新造的四層大廈之前，在大廈的招牌板上，我找到了「小田原偵探社」的招牌。

小田原是一個私家偵探，幾年前，我和他在東京相識，我們曾經合作偵查過一件和「商業戰爭」有關的案子，以後便沒有見過。如今，他的偵探事務所，已搬到大廈中來了，可見他混得不錯。

我直上四樓，推開了門，居然有兩三個女秘書在工作，我為了保持身分秘密起見，並不說出我的名字來，而我這時，穿的又是清潔工人的服裝，女秘書連正眼也不向我看一下。

我足足等了半個小時，才聽得一個女秘書懶洋洋地道：「小田原先生請你進去。」

我走進了小田原寬大的辦公室，咳嗽了一聲，講了一句只有我和他才知道的暗語。小田原抬起頭來望着我，他面上的神情，剎時之間，由冷漠而變得熱情，向我衝來，連椅子也翻了！

他緊緊地握着我的手時，我卻大搖其頭，道：「你是一個蹩腳偵探。」小田原瞪着眼望我，我又道：「你的事務所那麼漂亮，將會使你失去了無數有趣的案子。我相信你最近的業務，一定是忙於替闊太太跟蹤她們的丈夫，是不是？」

小田原苦笑了一下，顯然已被我說中了。

我不等他歎苦經，又道：「我想要點資料，相信你這裏一定有的。」

小田原又高興了起來，道：「好，你說。」

我道：「日本有多少家工廠，是可以進行最新的硬金屬高溫焊接的？」

小田原道：「我派人去查。」他按動了對講電話，對資料室的人員講了幾句。不到十分鐘，回答便來了。納爾遜先生的估計不錯，全日本只有兩家這樣的工廠。一家是製造精密儀器的，另一家則以製造電器用器，馳名世界。

又花了二十分鐘的時間，和這兩家工廠通電話，得知了那家精密儀器製造廠，曾在十天之前，接到過一件特別的工作，便是焊接一隻硬金屬箱子。委託他們做這件事的人，叫作井上次雄。

這個名字，對於不是日本人聽來，可能一點意義也沒有，對於日本人，或是熟悉日本情形的人來說，那卻是一個十分驚人的名字。

井上家族，在日本可以說是最大的家族，而井上次雄，又是井上家族中的佼佼者，他擁有數不清的企業，是日本的大富翁。

而據那家製造精密儀器的工廠說，他們本來，是不接受這樣的工作的，但委託者是井上次雄，自然又當別論了。

當我問及，在那隻硬金屬箱子之中，是什麼東西之際，工廠方面的人，表示猶豫，說那是業務上的秘密，我如果要知道詳細的情形，工廠方面將我當作新聞記者了。

我又問及那種硬金屬的成分，據他們說，那是一種新的合金，其中有一種十分稀有的金屬在內，要在攝氏八千四百度才能熔化，它的硬度，是鑽石硬度的七倍。工廠方面並還自豪地說，世界上沒有幾個地方，可以用高溫切割術割開那隻箱子。

我心中暗忖，訪問小田原的結果還算是圓滿，我又在小田原的事務所中，和納爾遜通了電話。我向納爾遜作了報告。納爾遜只告訴了我一句話：「你的住所，被安排在第七警察宿舍，你到那裏，就有地方安睡了。」

我向小田原問明第七警察宿舍的所在，便辭別了他，走了出來。

小田原看樣子已厭倦了跟蹤生涯，頗有意要和我一起做些事，但是我卻婉拒了他，他神色顯得十分沮喪，一聲不出。

小田原本來是一個十分有頭腦的私家偵探，他和我合作的案子也十分有趣，經過過程很短，有機會當記載出來，以饗讀者，此處不贅。

我離開了那幢大廈，一面走，一面又買了幾份報紙，這才發現，幾乎每一張報紙上，都有佐佐木博士刊登的尋找我的廣告。

我的心中，十分猶豫，不知道是去看他好，還是不去看他的好。

照理說，佐佐木是國際知名的學術界人士，似乎不會害我的，但是，如今某國大使館失去了我的蹤迹，一定急得如同熱鍋上的螞蟻一樣，會不會是他們通過了佐佐木來引我上鈎呢？

這的確是我不能不考慮的，因為我向某國大使館玩了那樣一個花樣，某國大使館自然要千方百計地找我算帳的了！

我向佐佐木博士的住所而去，但是到了他住宅的面前，我卻並不進去。佐佐木所住的，是一所十分精緻的房子，那一個花園，在東京的房子中，也是不可多得的。圍牆並不十分高，我遠遠的望去，只見花園中有一大半是綠茵的草地。

草地修飾得十分整潔，可以知道屋主人並不是一個隨便的人。

我就在佐佐木的屋外等着，足足有一個小時，只見佐佐木博士住所出入的人，只有兩個，一個是女傭模樣的人。另一個則正是提着皮包的佐佐木博士。

我心中雖然存有戒心，但是這樣等下去，也不是辦法。我先取下了面具，因為我如果戴着那尼龍纖維所織成的、精巧之極的面具的話，佐佐木博士是認不出我來的。我走向前去按門鈴。門鈴才響了兩下，便聽得一個十分清脆悅耳的聲音道：「來了！」

那時，我的心情，可以說是煩亂到了極點。而且在東京，除了納爾遜先生一個人之外，我也幾乎找不出第二個可以信託的人來，我等於是生活在恐懼和不斷地逃避之中一樣。

然而，那一下應門的聲音，聽了之後，已令人生出一股說不出來的寧貼舒服之感。我心中正在想，那是佐佐木的什麼人時，已從鐵門中望到，自屋子中，快步走出一個少女來。那少女穿着西裝衫裙，頭髮很短。直到她來到了我的面前，我仍然難以說她是美麗的。但是自她身子每一部份散發出來的那股青春氣息，卻使人不自由主，心神為之一爽。

那少女是一個毫不做作，在任何地方，都會受到真誠歡迎的人。

她的年紀，約莫在十八九歲左右，見到了我，她面上現出了訝異的神色，但是她的聲音，卻仍然是那樣地可親，柔軟和動聽，道：「先生，你找誰？」

我道：「我找佐佐木博士，是他約我來的。」

她竭力使她的懷疑神色，不明顯的表示出來，道：「是家父邀你來的？」

原來她是佐佐木博士的女兒。我連忙道：「是，博士在報上登廣告找我——」

我話未講完，佐佐木小姐（後來，我知道她的名字叫佐佐木季子）已「啊」地一聲，叫了出來，道：「原來是你，快請進來，父親因為等不到你，幾乎天天在發脾氣哩。」

她一面說，一面便開門。

我推門走進了花園，笑道：「小姐，博士的廣告，登在報上，人人可見，也人人可以說和我同樣的話，你怎麼立即放一個陌生人進屋來了？」

她呆了一呆，才道：「你會是壞人麼？」

她的嘴非常甜，所講的每一句話，也都是非常動聽的，令人聽來說不出的舒服。我連忙道：「如果是呢？」

她道：「別開玩笑了，父親在等着你啦！」

我跟在她的後面，向屋子走去。

季子的步法，輕盈得像是在跳芭蕾舞一樣，她才到門口，便高聲叫道：「爸，你要找的人來了！」

從屋中傳出佐佐木博士轟雷也似的聲音，道：「誰？」

我立即道：「是我。」

博士幾乎是衝出來的，他一看到了我，立即伸手和我握了一下，又向季子，瞪了一眼。季子低着頭，向外走了出去。

博士急不及待地將我拖到了他的書房之中，並且小心地關好了門。他的動作，顯示他心中有着難題。

他坐了下來之後，手指竟也在抖着。

我將我坐的椅子，移近了一些，道：「博士，你有什麼心事？」

博士抬起頭來，道：「這件事，非要你幫助不可，非要你幫忙不可！」

他在講那兩句話的時候，面上竟現出了十分痛苦的神色來。我伸手按住了他在發着顫的手背，道：「博士，只要我能夠做得到，我一定盡力而為的。」

博士的面色，好轉了許多，他又發了一會呆，才歎了一口氣，道：「是季子，我的女兒，我不能讓他和那人結婚的！」

博士的話，使我莫名其妙。我細細地想了一想，才想到可能是他女兒的戀愛問題，使得作為長輩的他，感到了頭痛，要向人求助，但我什麼時候變成了戀愛問題專家呢？我的心中，不禁苦笑了起來。同時，我也十分後悔，因為我剛才只當博士是有着什麼極其重要的事，需要人幫助，是以才草草地答應了他的，如今看來，我至少要在這無聊的事上，化去一個下午的時光了。

我無可奈何地道：「博士，兒女的婚姻，還是讓兒女自己去做主吧。」

博士緊緊地握住了拳頭，道：「不能！不能！」

我仍忍住了氣，道：「季子看來，並不是不聽父親話的女兒，其中詳細的情形如何，你不妨和我詳細地說上一說。」

博士歎了一口氣，道：「季子是從小便許配給人的，是井上家族的人，她和未婚夫的感情，也一直很好。」

這是半新舊式的婚配辦法，我的反應十分冷淡，道：「忽然又出現了第三者，是不是？」

佐佐木博士道：「是的，那是一個魔鬼，他不是人！」

我笑道：「博士，讓你的女兒去選擇，不是好得多麼？」

佐佐木博士道：「不是，在那魔鬼的面前，她沒有選擇的餘地！」

我聽到這裏，開始感到事情並不是我所想像的那樣簡單了。

季子沒有選擇的餘地，這是什麼意思呢？有什麼力量能夠使佐佐木博士這樣的家庭，受到壓迫呢？

我呆了一呆，道：「那是什麼人？」

佐佐木道：「那是季子在某國太空研究署的同事——」

佐佐木才講到這裏，我便不自由主，霍地站了起來，道：「季子是在某國太空署工作的麼？」

佐佐木道：「是，她自小就離開本國，一直在某國求學。如今，她是回來度假的，那個魔鬼的職位比她高，對不起，是貴國人，叫方天……」

佐佐木講到這裏，我不禁感到一陣頭昏。

我的天，方天！剛才我還幾乎以為那是和我一點關係也沒有的事，而要離開，如果剛才我離去的話，不知要受到多大的損失？

博士看出我的面色有異，身子搖晃，忙道：「你不舒服麼？」

我以手加額，又坐了下來，道：「博士，你見過方天麼？」

佐佐木道：「見過的，我發覺季子和他在一起，像是着了迷一樣。她本來是一個極其有主見的姑娘，但是見了方天，卻一點主見也沒有了，唉！」

佐佐木搓着手，一副着急的神氣。

我道：「或者，那是季子對他多才的上級的一種崇拜？」

佐佐木忙道：「不是的，我也說不出那其中的詳細情形，如果你和他們在一起，你就能覺察得到。」

我忙道：「我有機會麼？」

佐佐木道：「有，那魔鬼今天晚上又要來探訪季子。」

我深深地吸了一口氣：「踏破鐵鞋無覓處，得來全不費功夫」，正是我那時的寫照，我今晚竟可以毫不費力地和方天相見了！

我想了一想，道：「博士，我不是自誇，這件事你找到了我，適得其人，據我所知，這方天縱使不是魔鬼，也是一個十分古怪的人——」

佐佐木大聲道：「魔鬼，魔鬼，他將使我永遠見不到女兒！」

我怔了一怔，道：「這話從何說起？」

佐佐木望了我一會，像是他也不知怎樣回答我才好，許久，他才道：「我也說不出那是為了什麼，只是有那種⋯直覺。」

我呆了一呆，「直覺」，又是直覺！

本來，直覺是一件十分普通的事。但是最近，我接觸到「直覺」這個名詞太多了。納爾遜直覺到那隻硬金屬的箱子和方天有關，而且固執地相信着這個直覺。佐佐木直覺到方天會使他永遠見不到女兒，也是固執地相信着這種直覺。

這絕不是普通人對付直覺的態度，而且，更不是納爾遜和佐佐木兩人的固有態度，因為他們兩人，都是極有頭腦的高級知識份子。

在那一剎間，我的腦中，忽然閃過了一個極其奇異的念頭來。

兩個人所直覺到的事，都和方天有關，而方天是一個極其奇怪的人，他似乎具有超級的催眠力量，能使他的思想，進入別人的思想之中，我姑且假定為這是他的腦電波，特別強烈，遠勝他人之故。

腦電波本來是一種最奇特的現象，方天的腦電波既然十分強烈，會不會他有些並不願意為人知道的念頭，也會因為他腦電波特別強烈的緣故，而使得當事人感覺到呢？

這種情形，在電視播放和接收中，是常常出現的。有時，在歐洲的電視接收機，可以收到一年前美洲的播放節目。

有時，電視接收機的銀幕上，又會出現莫名其妙的畫面，可能是來自數萬公里之外的播放。這一切現象，全是電波在作怪。

如果我想的不錯的話，那麼一定是方天在想念着那隻箱子，所以使納爾遜感到兩件事之間有聯繫。而方天也在想着要拐誘季子，所以佐佐木博士才會如此這般的直覺！

我心中想了幾遍，覺得在方天這樣的怪人身上，的確是什麼都可以發生的。

如果我的推斷不錯的話，那麼，佐佐木博士和納爾遜兩人的直覺，全是事實，或是事實上可能發生的事情呢？當時，我也難以作出肯定的論斷來。佐佐木博士見我沉吟不語，臉上神色，更其焦急。

他像是盡着最大的耐心，等我出聲。我則因這個問題十分難以得出結論來，所以遲遲沒說話。佐佐木博士終於忍不住了，道：「衛先生，究竟該怎麼辦？」

我問道：「你要求助於我，季子小姐，知道不知道？」

佐佐木歎了一口氣，道：「她完全入迷了，我自然不能告訴她，我只是將她的情形，詳細地告訴了季子的未婚夫——」

一聽得佐佐木博士再度提起了季子的未婚夫，我心中又不禁一動。季子的未婚夫，是井上家族的人。而那隻硬金屬的箱子，正是井上次雄委託那家精密儀器工廠焊接的，箱子中究竟是什麼東西，可能只有井上次雄才知道。

那樣說來，季子、井上、和方天三人之間，也不是全然沒有聯繫的了。然而，他們之間，究竟有着什麼樣的聯繫，我卻全然沒有法子說得上來。

我只是道：「季子不知道更好。我這時，立即向你告辭——」

博士張大了口，道：「你不願幫助我？」

我道：「自然不，我告辭，只要讓季子看到我已離開了，使她不起疑心。然後，我再以她所不知道的方式，混進你家中來，在暗中觀察方天和季子兩人的情形。」

博士道：「好極了，我們這裏的花匠，正請假回家去了，你就算是花匠的替工吧。」

我道：「自然可以，只不過我還要去進行一番化裝，在方天到達之前，我一定會來的。」

博士歎了一口氣，握了握我的手，道：「我就像是一個在大海中飄流的人一樣，你是我唯一的希望了，你不要使我失望，季子……」

他講到這裏，不禁老淚縱橫！

我又勸慰了他幾句，才大聲向他回辭。季子送我出來。她並沒有問我她父親和我交談些什麼，我也想不出該問她一些什麼才好。我們一起出到了門口，我才道：「日本真是一個很可愛的地方！」

一般來說，日本人的愛國心是十分強烈的。如果一個日本人，有人向他那樣說法的話，他是一定會興高采烈地同意的。

可是季子的反應，卻十分冷淡，她只道：「可愛的地方，在宇宙中不知有多少！」

她一面說，一面抬起頭來，以手遮額，望着蔚藍的天空。

我聽得她那樣說法，心中不禁一奇，道：「你是說地球上可愛的地方多着？」

季子卻道：「不，我是說宇宙中！」

我搖頭道：「小姐，我不明白你的意思。」

季子道：「對了，很少人明白我的意思，人類在地球上生活，便形成一種可怕的概念，以為地球就是一切，一切的發展，全以地球為中心。卻不知道整個地球在宇宙之中，只不過是一粒塵埃啊！」

我咀嚼着季子的話，覺得她的話，聽來雖然不怎麼順耳，但是卻極有道理。

季子又道：「有的人，拚命想使自己成為世界第一的人物，又有的人，想要霸佔全世界。哈哈，就算是達到了目的，那又怎樣，也只不過是霸佔住了整個宇宙的一粒塵埃而已。」

我道：「季子小姐，正因為你是在太空研究署工作的，所以你才會有這樣超然物外的見解？」

季子一聽了我的話之後，面上神色，微微一變。她那種神情，像是覺出自己所說的話太多了，所以她立即住口，不再講下去。

而那時候，她已送我到了鐵門口，我不能再逗留下去，便揮手和她告辭。

我曾經對納爾遜先生說過，我去偵查那箱子的來歷，但是如果方天有了訊息的話，那我便首先要跟住方天，要弄清楚他究竟是怎樣的一個人。

我一離開了佐佐木博士的家，便立即到附近的舊衣市場，買了一套像是花匠穿着的衣服，又在小巷中，進行着化裝，將年紀改大，還戴上了老花眼鏡，然後，又回到了佐佐木的門前。

我發現不但季子認不出我來，甚至佐佐木博士的眼中，也充滿了懷疑的神色。他心中一定在想，何以相隔不到一個小時，一個人竟能變得那樣厲害？

我很快地就接手做起花匠的工作來。季子和我在一起修剪着花草，我盡量不說話，以免露出破綻。同時，我心中暗暗好笑，因為納爾遜為我準備的住所，我又用不着了。

一日之間，因為情況不斷地生着變化，我的身分，竟也改換了數次之多！

第九部

逼問神秘人物

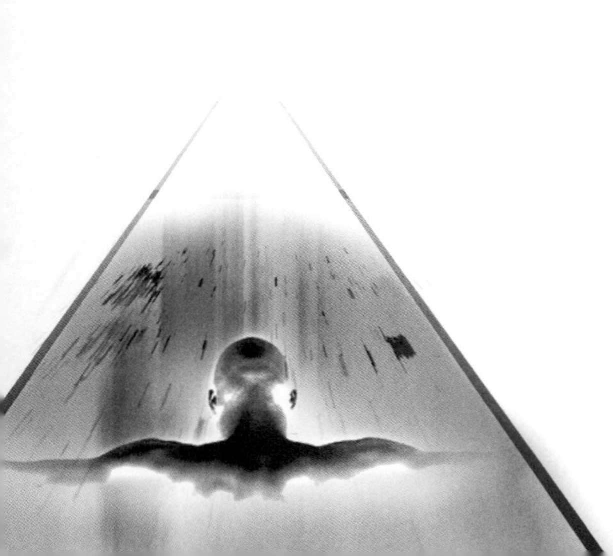

等到黃昏時分，季子才離開了花園。

在季子離開後不久，佐佐木便來到了我的身邊，低聲道：「季子在裝扮，方天快來了。」

我點頭道：「由我來開門，你最好躲入書房中，不要和他們見面，因為我發現你不能控制你自己的脾氣！」

佐佐木博士緊緊地握着拳頭，道：「我不能看人拐走我辛苦養大的女兒！」

我道：「博士，不要忘記那只是你的直覺而已，方天是一個傑出的科學家。」

佐佐木博士怒道：「不是，不是！」

我發覺佐佐木的理智在漸漸消失，便不再和他多說下去，揮手道：「你去吧，不要管了，反正你女兒絕不會今晚失蹤的。」

博士歎了一口氣，向屋內走了進去。

我也不再工作，洗乾淨了手，在大門口附近，坐了下來，等候方天的降臨。

我心中不斷地想着，方天如果出現了，我該要怎樣地對付他呢？是立即將他擒住，責問他的來歷？若是那樣做的話，事情顯然會更糟糕，因為方天身上，有着極其厲害，可立即致人於死的秘密武器！

我想了許久，才決定方天一到，我便想法子接近他，而在接近他之際，便施展我所會的空空妙手本領，將他身邊的東西，全都偷了來。

一個人身邊所帶的東西，是研究這個人的來歷、身分的最好資料。

我的「三隻手」功夫，本來不算差，但已有多時未用了，這次，事關緊要，非得打醒精神才好。我正在胡思亂想，忽然，門鈴聲響了起來。

我抬起頭來，只見鐵門外已站着一個高而瘦削的人。

我連忙跳了起來，而當我來到門旁的時候，只聽得季子清脆的聲音，也傳了過來，道：「來了。」

我已經拉開了鐵栓，打開了門。同時，我抬頭看去，那人正是方天。

他面上的顏色，仍是那樣蒼白。他眼中的神色，也仍是那樣奇妙而不可捉摸。他連望也未向我望一眼，顯然他以為我只不過是一個園丁而已。

我側身讓開，只見季子迎了上來，他們兩人，手握着手，相互對望着。

這時候，我才體會到佐佐木博士屢次提及若不是在場目睹，絕不能想到季子着迷的情形的那句話。

這時，季子和方天，四隻手緊地握着，面對面站着，那本是熱戀中的年輕男女所常見的親熱姿態。可是，在季子的臉上，卻又帶着一種奇妙的神情。

那種神情，像是一個革命志士，明知自己將要犧牲，但是為了革命事業，仍然不顧一切地勇往直前一樣，那種神情所表現的情操，是絕對高尚的。

而就在季子面上的神情，表現着高尚的情操之際，我卻做着十分不高尚的事。在鐵門拉開，我和方天擦身而過之際，我已將他褲袋中的東西，「收歸己有」了。而這時，我又趁他們兩人癡癡地對望之際，在方天的身邊，再次擦過。

這一次的結果，是方天短大衣袋中的一些東西，也到了我的手中。我離開了他們，隱沒在一叢灌木後面，立即又停住，靠着灌木的掩避，向他們兩人看去。

只見方天全然不知道我已在他身上做了手腳。他們兩人，仍是互望着，足足有好幾分鐘，才一言不發，手拉着手，向屋中走去。

我的身分只是花匠，當然沒有法子跟他們進屋子去。因此，我便回到了花匠的屋子中，拉上了窗簾，將我的「所獲」，一齊放在桌上。

我的「成績」十分好。包括了以下的物件：一隻皮夾子，一包煙，一隻打火機，一隻鎖匙圈，上面有五把鎖匙，一條手帕，和一本手掌大小的記事簿。

我曾記得，方天在北海道時，用來傷我的，是如同小型電晶體收音機似的一個物事，我沒有能夠得到。只不過我得到的東西中，有一樣，是我不知用途的。那是一支猶如油漆用的「排筆」也似的東西，是七個手指粗細，如香煙長短的鋼管聯在一起的，鋼管中有些搖動起來，會「叮叮」作響，玩具不像玩具，實在看不出是什麼來。

我將所得到的東西，分成兩類。一類是不值得研究的，如煙、打火機、手帕、皮夾子（因為皮夾子中只有鈔票，別無他物）。一類則是有研究必要的。

第二類，就是那「排筆」也似的東西和那日記簿了。

我打開了那本日記簿，想在上面得到些資料，可是一連翻了幾頁，我卻呆住了。那本日記簿的封面十分殘舊，證明已經用了許多年了，而裏面所剩的空白紙，也只不過四五頁而已，其餘的紙上，都密麻麻地寫滿了字。

然而，我卻什麼也得不到。

因為，那日記簿上的文字，是我從來也未曾看到過的。我甚至於不能稱之為「文字」，因為那只是許多不規則地扭曲的符號。

但是我卻又知道那是一種文字。

因為有幾個扭曲的符號，被不止一次地重複着，可知那是一個常用的字。這是什麼國家，什麼民族的文字，我實是難以說得上來。

更有可能的，那只是一種符號。我將一本日記簿翻完，裏面竟沒有一個字是我所認識的。

我歎了一口氣，心想這本日記簿和那排筆也似的東西，只好交給納爾遜先生，由他去送交某國的保安人員去作詳細的檢查了。

我將那兩樣東西，放入了袋中，站了起來，準備鋪好被子休息了。

可是正在這個時候，我的懷中，突然有聲音傳了出來！我嚇了一跳，一時之間，還不能確定聲音的確是從我身上發出的。

可是當我轉了一轉身之後，我便肯定，聲音發自我的身上！

在那一剎，我當真呆住了。

說來非常可笑，我當時第一個感覺，不是想到了別的，卻是想起了《聊齋誌異》上的一個故事：一個書生，外出回家，聞得衣襟上有人聲，一振衣襟間，一個小才盈寸的人，落到了地上，迅即成為一個絕色美女……

我心中想，難道這種事也發生在我的身上了？

我竟也不由自主地整了整上衣。當然，沒有什麼縮形美女落了下來。

可是，發自我懷中的那種聲音，卻也絕對不是我的幻覺，在我定了定神之後，聲音仍持續着。

那種聲音，乍一聽，像是有人在細聲講話，可是當你想聽清楚究竟講些什麼時，卻又一點也聽不出來。我將上衣脱了下來，便發現聲音發自一隻衣袋之中。而當我伸手入那隻衣袋時，我便知聲音來自何處了。

這種突然而來的聲音，是從那個我不知道是什麼？猶如「排筆」也似的東西中，所發出來的。

那幾個金屬管子，如果有強風吹過，可能會發出聲音來的，但是，如今屋子中卻一點風也沒有，它何以會發出那種不規則的，如同耳語的聲音來，卻令我莫名其妙。

我將那事物放在桌子上，注視着它。約莫過了三四分鐘，那聲音停止了。

我伸手碰了碰那物事，仍然沒有聲音發出來。然而。當我將那物事，再度放入衣袋之際，只聽得那物事，又發出了「叮」地一聲。

我不明白那是什麼怪物，一聽得它又發出了聲音，連忙鬆手。

在那「叮」地一聲之後，那物事又發出了一連串叮叮噹噹的聲音來，像是一隻音樂箱子在奏樂一樣。

而且，我立即聽出，那正是一首樂曲，一首旋律十分奇怪，但卻正是我所熟悉的小調。

在我這一生中，我只聽過方天一個人，哼着這樣的小調。

在那首小調完了之後，那東西便靜了下來，不再發出聲音了。

我搖了搖它，它只發出輕微的索索聲，我只得小心地將它包了起來，又放入了袋中。

這時候，我心中對方天的疑惑，已到了空前未有的地步！

因為這個人不但他本身的行動，怪異到了極點，連他身邊所有的東西，似乎也不是尋常人所能理解的。

我對於各種各樣的新奇玩意兒，見識不可以說不廣，連我自己也有不少方便工作的小工具，是常人所不知道的。可是，方天身上，至少有三樣東西，是我見所未見，聞所未聞的。

一樣是他令我在北海道身受重傷的武器，一樣是那會發聲音的一組管子，另一樣，便是那本滿是奇異文字的小日記簿。

我心中忽然起了一種奇異而又超乎荒謬的感覺：方天似乎不是屬於人世的——我的意思是：他似乎不是屬於地球的，因為他實在是太怪了，怪到難以想像的地步。

我熄了燈，身子伏在窗下，由窗口向外看去。只見佐佐木博士的房口，有燈光透出，顯然博士並沒有睡。

在客廳中，燈火也十分明亮，那自然是季子和方天兩人，正在那裏交談。

我知道不用多久，方天便會發覺他失去了許多東西，而再難在佐佐木家中耽下去。如果我所得到的東西，對方天來説，是十分重要的話，他一定會焦急地去找尋的。

我並沒有料錯。在我由窗子向外看去之後不多久，我便聽得方天大聲的講話，自屋子中，隱隱地傳了出來。我那時，是在花匠的屋子中，離方天所在，有一段距離，是以方天在講些什麼，我並聽不出。

方天的聲音響起之後，不到一分鐘，便見方天匆匆忙忙地向外走出來。季子跑在他的後面，方天蒼白的臉上，隱隱地現着一陣青藍色，看來十分可怖。季子在後面，兩人一直到了門口，季子才道：「要是找不到，那就怎麼樣？」

方天道：「我不知道，我不知道！」

他們兩人，是以英語交談的。季子立即又道：「要不要請警方協助？」

方天道：「不好，季子，你明天代我在每一家報紙上登廣告，不論是竊去的，還是拾到的，我只要得回來，就有重賞。」

季子道：「你究竟失去了什麼啊？」

方天唉聲歎氣，道：「旁的都是不要緊的，最不可失的，是一本日記簿，很小的那種，和一隻錄有我家鄉的聲音的錄音機。」

季子奇道：「錄音機？」

我這時，心中也吃了一驚，也同樣地在心中，複述了一次：錄音機？

方天像是自知失言一樣，頓了一頓，連忙改口道：「是經過我改裝的，所發出的聲音十分低微，甚至算不上錄音機，你刊登廣告時，就說是一排細小的金屬管子好了！」

季子皺着眉頭，道：「你現在到哪裏去？」

方天道：「我沿着來路去看看，可能找到已失去了的東西。」

季子歎了一口氣，道：「你還未曾和我父親進一步地談及我們的事呢！」

方天道：「我們的事，還是到離開日本時再說吧，你已經可以自主了。」

季子的面色，十分憂鬱，道：「可是，我的未婚夫……」

方天的面色，顯得更其難看，道：「你還稱他為未婚夫？」

季子苦笑道：「方，你不知道，在我們的國家裏，如果他不肯和我解除婚約——」

方天不耐煩地揮了揮手，道：「那你難道非嫁他不可了？」

季子道：「當然，我可以不顧一切，但這要令我的父親為難了。」

方天沉默了片刻，道：「我們再慢慢討論吧，如今，我心中亂得很。」他一面說，一面向外走去，季子追了幾步，道：「他這幾天就要到我家來了。」

我知道季子口中的「他」，是指她的未婚夫而言的。方天又呆了一呆，道：「明天我再來看你。」

季子站定了身子，兩人互作了一個飛吻，方天便匆匆地向前走去。

我一等季子走進了屋子，立即從窗中跳了出去，翻過了圍牆，沿着門前的道路，向前快步地走了過去。

不一會，便看到方天正低着頭，一面向前走，一面正在尋找着，看來，他想憑運氣來找回他已失去的東西。

我一發現了他，腳步便放慢了許多，遠遠地跟着他。由於這時候，已經是深夜了，要跟蹤一個人，而不被人發覺，並不是容易的事。所以，我盡可能跟得遠些，不被他知道。

我看到他在一個公共汽車站前，徘徊了好久，顯然他是坐那一路公共汽車來的。然後，我又見他向站長的辦公室走去。

辦公室中有着微弱的燈光，我也跟了過去，只聽得方天在向一個睡眼矇矓的職員，在大聲詢問道，可有失落的物事。

那職員沒好氣地咕噥着，我走得更近了些。

方天聽到了我的腳步聲，倏地轉過頭來。我使自己的身子，彎得更低些，看來更像是一個過早衰老的勞苦中年人。

我一逕向方天走去，鞠躬如也，道：「先生，你可是失了東西？」

方天一個轉身，看他的情形，幾乎是想將我吞了下去，大聲道：「是！是！東西在哪裏，快給我，快！」

我故意瞪大了眼睛望着他，道：「有一些東西，是我主人拾到的，主人吩咐我在這裏等候失主，請你跟我來。」

方天的臉上，現出了十分猶豫的神色來，道：「你主人是誰？」

我隨便捏造了一個名字，方天顯然是極想得回失物，道：「離這兒遠不遠？」他肯這樣問我，那表示他已肯跟我走了。

我沉聲道：「不遠，只要穿過幾條小巷，就可以到達了。」

方天也沒有多說別的，只是道：「那我們走吧！」

我轉過身，向前走去，方天跟在我的後面。直到這時候，我才開始想對付方天的法子。如今，我可以將方天引到最冷僻的地方去。

然而，將他引到了最冷僻的地方之後，便是怎麼樣呢？如果我表露自己的身分，和他展開談判的話，他可能再度使用那秘密武器的。

那麼，我該怎麼辦呢？我不能將他帶出太遠，太遠了他會起疑心的。

我考慮了兩分鐘，便已經有了初步的決定。

我決定將他打昏過去，綁起來，然後，立即通知納爾遜先生，要警方來做好人。然而，我立即又否定了那個決定，我改為將他擊昏縛起手足之後，由我自己來對付他。我可以完全不表露自己的身分，而只將自己當作是搶劫外國遊客的小毛賊。

為了對付方天這樣的人，即使是小毛賊，也要權充一回的了。

我將他帶到了一條又黑又靜的小巷中，然後，我放慢了腳步。

我並不轉過身來，只是從腳步聲上，聽出方天已來到了我的身後，他問我道：「你怎麼不——」可是，我不等他將話講完，立即後退一步，右肘向後，猛地撞了過去。

那一撞，正撞在他的肚子上，使得方天悶哼一聲，彎下腰來。

那正和我所想的完全一樣，我疾轉過身來，在他的後腦上，重重的敲擊了一下，方天眼向上一翻，身子發軟，倒在地上。

我解下了他的皮帶和領帶，將他的手足，緊緊地縛住，想起他曾令得我在醫院中忍受那麼劇烈的痛楚，我將他手足，緊緊縛住之際，也感到心安理得。

我縛住他之後，提着他，向小巷的盡頭走去。

那是一個死巷子，正好合我之需，因為在深夜，是不會有人走進一條死巷子來的。

我一直將他提到了巷子的盡頭，才將他放了下來。在放下他的時候，我故意重重地將他頓了一頓，我聽得他發出了一下微弱的呻吟聲。

我知道他醒過來了，我將身子一閃，閃到他看不到我的陰暗角落之中，但是我卻可以就着一盞光線十分暗弱的路燈看到他。

我先不讓他看到是誰使他變成現在那樣的，以便看看他的反應如何。

只見他慢慢地睜開眼來，面上一片茫然的神色，接着，搖了搖頭，而當他弄清自己是被人縛住了手腳之際，他開始用力地掙扎了起來。我下手之際，縛得十分緊，他掙扎了一會，並沒有掙扎得脱，面上的神色，更是顯得駭然之極。

他滾向牆，以下頦支地，勉力站直了身子，看他的情形，是準備跳躍着出巷子去的。

然而，就在他跳第一步之際，我已一伸手，按住了他的肩頭，道：「喂朋友，慢慢來，別心急！」

方天的身子在發抖，聲音也在發顫，道：「你……你是誰？」

我放粗喉嚨，道：「你又是誰？」

我站在方天的後面，看不到他的臉，但是我卻看到，在我發出了那一個問題之後，他的耳根，已發青了，可見他的面色，一定更青！

只聽他道：「我是人，是和你們一樣的人，你快放開我吧！」

我剛才的那一問，一則是就着方天問我的口氣，二則是因為他為人十分神秘，所以才發出的。然而我無論如何，未曾料到，方天竟會有這樣的回答。

我心中急速地轉念着：這是什麼意思呢？他竭力強調自己是一個人，這是為了什麼呢？難道他竟不是人？這簡直荒誕之極，他不是人是什麼？然而，他又為什麼那樣講法呢？

他的身分，當真是越來越神秘了。

在那樣的情形下，我心中雖然是茫然一片，一點頭緒也沒有，但是我卻裝着胸有成竹似地道：「不，你不是人，你和我們不一樣！」

我這句話才一出口，便聽得方天發出了一聲呻吟！

那一聲呻吟之中，充滿了絕望的意味！同時，他的身子，也軟了下來，在牆上靠了一靠，終於站不穩，而坐倒在地。

這時候，我也呆了。

我絕未料到，我的話竟會引起方天那樣的震動！

這不可能有第二個解釋，唯一的解釋就是：方天不是人。如果他是人的話，何以一聽到我的話，竟驚到幾乎昏厥？

然而，這不是太荒唐太怪誕太不可思議太無稽了麼？方天不是人，是什麼？是妖精？是狼人？我一步跨向前去，看得很清楚，只見方天並沒有露出「原形」來。

他仍然是我所熟悉的方天，從在學校中第一次見到他起到現在，也仍是一個模樣，只不過如今，他的面色更其蒼白而已。

我看他緊緊地閉着眼睛，便道：「你怎麼了？」

方天喘着氣，並不睜開眼睛來。看他的神情，他像是已感到了絕望，像是一個已到了刑場上的死囚一樣，什麼都不想再看了，所以才不睜開眼睛來的，他只是道：「我的一切，你已知道了麼？」

我又假作知道了一切，道：「自然知道了！」

方天急促地呼着氣，道：「放開我，放開我，你是知識份子？我向你說幾個公式，你可以一生用不盡了，你不識字，我寫給你，你去賣給任何人，你去賣給任何一個國家都可以……快放開我，放開我……」

方天的話，我愈聽愈糊塗。

我只是聽出，方天似乎願意以什麼科學上的公式，來作為我放開他的條件。然而，那是什麼公式，居然那樣地值錢呢？

我心中一面想，一面道：「不，我放開你之後，只怕回到家中，第二天就被人發現我自殺死了。」

方天的身子，突然如同篩糠也似地抖了起來，道：「不……不……你不見得會害我吧！」

我心中的疑惑，愈來愈甚，已到了如果不解答，便不能休的地步，我回復了正常的聲音，道：「好了，方天，你究竟在搗什麼鬼？」

我料到我一講完，方天一定會睜開眼來的，所以我立即順手除下了戴在面上的面具。

果然，方天一聽到我的話，立即睜開眼來。

他一睜開眼，便失聲叫道：「衛斯理！」

我笑了一下，道：「還算好，你總算認得老同學。」

方天面上的每一條肌肉，都在跳動着，顯見他的心中，駭然之極。

他喉間「格格」地作聲，好一會，才吐出了四個字來，道：「你……沒……有……死？」

我道：「沒有死，你想害我幾次，但是我都死裏逃生了……」

方天道：「相信我，我是逼不得已的，我是被你逼出來的，你……你……」

他的神色實在太驚惶了，令得我非但不忍懲治他，反而安慰他道：「你有話慢慢說，何必那麼緊張？」

他嗚咽地哭了起來，道：「我完了，我完了，我將永遠留在這裏了，我完了……」

他又講起我聽來莫名其妙的話來。

我拍了拍他的肩頭，道：「喂，老友，我們一件事一件事解決，你別哭好不？」

方天漸漸止住了嗚咽聲，道：「你……要將我怎麼樣。」

我想了一想，道：「那全要看你自己。」

方天茫然道：「看我自己？」

我道：「是，如果你能使我心中的疑問，都有滿意的答覆，那我便不究以往了。」

方天的眼中，突然閃耀着一種異樣的光彩，道：「你心中的疑問？那你並不知道我的一切？」

我一時不察，道：「是的，所以我才要向你問一個究竟。」

方天道：「你將我放開，你將我放開。」

我搖頭道：「不行，如果你再用那東西來傷我，這裏沒有積雪，我活得了麼？」

方天忙道：「沒有了，那東西只能用一次，已經給我拋掉了。」

我自然相信他的話，但是在搜了他全身，而未曾再發現那東西和可疑的物事之後，我便鬆了他的縛，但是我的手，卻捉住了他的手臂，一齊向巷外走去，我心中的疑問實在太多，竟決不定該問哪一個才好，想了一想，才道：

「在北海道，你用來傷我的是什麼？」

方天「噢」地一聲，道：「那只不過是一種小玩意，那小盒子之中，有一種放射性極強的金屬，盒子又是另一種可以克制那種放射光的金屬製成的，一按鈕，盒子上如同照相機的快門一樣，百分之一秒地一開一合間，盒中金屬的放射線，便足以將人灼傷了——」

「灼死！」我更正着他。

方天顯得十分尷尬，道：「但只能一次，一次之後，經過放射線的作用，放射性消失，金屬的原子排列，起了變化，那種金屬，便轉為另一種金屬了。」

我道：「好，我願意知道那種放射性極強的金屬名稱。」

方天道：「那種金屬，叫『西奧勒克』。」

我怔了一怔，道：「什麼？」

方天道：「叫西奧勒克，是十分普通的金屬，我們那裏——」他只講到這裏，便住了口。

我從來也未曾聽到過有一種金屬，有那麼強烈的放射性，而又名為「西奧勒克」的，我正歸咎於我自己科學知識的貧乏，然而，我又陡地想起，這其中，有着不對頭的地方。

方天説那種金屬十分普通，而如果真是十分普通的話，為什麼不見強國用來作毀滅性的武器呢？我心中放着疑問，握住方天手臂的手，也不由自主，鬆了一鬆。

方天顯然是早就在等這個機會了，他就在那時，用力地一掙，掙脱了我的手，向前快步地奔出了幾步。我自然不肯就這樣放他離去，立即起步追去。

然而，方天在快奔出了幾步之後，伸手入袋，疾轉身過來，叫道：「衛斯理，不要逼我用武器，快站住！」我離得他極近，只要再衝過兩步，就可以將他再次抓住了！

然而，我卻停了下來。

我的確是被他嚇住了。

雖然剛才我曾搜過他如今插手的那隻衣袋，袋中並沒有什麼東西。但是方天是一個怪到那樣子的怪人，你根本不可能以常情去料斷他的。或許，他是在虛言恫嚇。但也有可能，他是真的有什麼可以殺人於百分之一秒的武器在。

我記得在北海道，我受重傷之前，他也曾屢次説過「不要逼我」的。

我揚了揚雙手，道：「好，我不追你，但是我絕不會干休的！」

方天叫道：「你別管我，你別管我，你別管我好不好？你為什麼僅僅為了你的好奇心，而要來管我，使我不得安寧，使我不得——」

他講到這裏，突然劇咳起來。

我冷笑了一聲，道：「方天，你將事情説得太簡單了。你還記得我們的同學麼？你自然更沒有忘了滑雪女選手？還有我自己，我們都幾乎為你喪生！而我如今更受了一位傷心的父親的委託，你説我僅是為了好奇心？」

方天向後退出了一步，道：「我是逼不得已的，我是逼不得已的。」

我道：「我相信你是逼不得已的，但是我要知道：為什麼！」

方天道：「我不能告訴你，將來，你會明白。」

我歎了一口氣，方天的話，説了等於白説，我以十分懇切的語聲，道：「好，為了你，我已惹下了天大的麻煩，我也不必和你細説了，我是一個不怕麻煩的人，我相信你的麻煩，一定比我更甚。如果你要我幫助的話，我一定忘記北海道不愉快的事，而很樂意幫助你的。」

方天望着我，一聲不出。好一會，他才道：「我走了，你可別追上來！」

我聳了聳肩，道：「我知道，我一追上來，你又要逼不得已了！」我一句話未曾講完，方天已經急促地向外奔了出去。

我等他出了巷子，連忙追了上去。

只見他一出巷子，便向左轉，我揚聲叫道：「還有，你失去的東西。是在我這裏！」

方天猛地一停，但立即又向前奔出！

我沒有再去追趕，也沒有跟蹤。我相信，方天即使不會來求助於我，也必然會來我這裏，要回他失去的東西，我發覺方天似乎將所有的人，都當作敵人，大約只有佐佐木季子一人是例外，我決定回到佐佐木家去，明天，向季子再了解一下方天的為人。

我探頭向外看去，只見門外，乃是一條極長的走廊。

第十部

古老的傳説

深夜，路上極其寂靜，我急步地走着，一直走到了佐佐木博士的家門前，都沒有什麼事發生。到了佐佐木博士家花園的圍牆外，我一面準備翻牆而入，一面心中還在暗暗高興。

我高興的是，一則方天和我之間的糾纏，已是我佔了上風。二則，某國大使館、月神會等跟縱我的人，這時萬萬想不到佐佐木博士家中的花匠，就是他們所要追尋的目標。我的心情顯得十分輕鬆，雙手一伸，身子一屈，足尖用力一彈，雙手攀住了牆頭。

我雙手一攀住了牆頭，輕鬆的心情，便立即一掃而空！

我的手已攀住了牆頭，自然也可以看到牆內的情形了。只見那個打理得十分整潔，我也曾在其中花了一下午時光的花園，竟呈現着一片異樣的凌亂！草地被踐踏得不成樣子，而在一條道路兩旁的盆花，也幾乎全都碰翻，有的連盆都碎了！我呆了呆，雙手一用勁，便翻過了圍牆，落在園中。

我並不停留，立即向屋子奔去。

還未曾奔上石階，我便意識到，在我離開這裏，大約一個小時之間，這裏曾發生過驚人的變故。我首先看到，鑲在正門上的一塊大玻璃已經碎裂了。

我縱身一躍，便躍上了所有的石階，推開門來，只見有一個人，伏倒在地上。我連忙俯下身來，那人的臉伏在地上，但是我卻已可以看出，他是佐佐木博士。

我將博士翻了過來，只見博士的面色，如同黃蠟一樣，我心中不禁一陣發涼。一看到這種面色，不用再去探鼻息、把脈搏，也可以知道，這已是一個死人。

我只覺得心中一陣絞痛，那種絞痛，使得我的四肢都為之抽搐！

佐佐木博士曾經救過我的性命，曾經挽救過無數人的性命，但是這時他卻死了。當然，人人都會死的，但博士卻是死於狙擊。

我呆了好一會，才直起身子來，突然發狂似地大聲叫道：「在哪裏，你在哪裏，你殺死了博士，現在躲在哪裏？」我不知道是誰殺死博士的。當然，我也明明知道，兇手早已離開了這裏，但是我還是自己不能控制自己地大叫着。

我叫了多久，連我自己也不知道。

佐佐木博士家附近的鄰居都很遠，不然他們聽到我的聲音，一定以為有瘋子從瘋人院中逃出來，因為我的聲音，由於激憤的緣故，變得極其尖鋭刺耳。

好一會，我才停止了叫嚷，我跌跌撞撞地向前走出了幾步，手按在牆上，恰好碰到了一隻燈掣，我順手開了燈，吸了一口氣，再向佐佐木博士的屍體看去。

這一次，我看得仔細了些，看出佐佐木是左肩上受了利刃的刺戳，後腦又受了重擊而死的。

他死的時間，大約不會超過十分鐘，也就是在我回到這裏不久前的事。我心中只感到極度的悔恨，為什麼我要離開，為什麼不早些回來！

但如今，後悔也沒有用了，博士已經與世長辭了！

我倚着牆，又站立了好久，在我混亂的腦中，才猛地想起季子來！博士已經死了，他的女兒季子，又怎麼樣呢？

我立即大聲叫道：「季子！季子！」

我只叫了兩聲，便停了下來。

因為我剛才已經發狂也似地高叫過了，如果季子在這屋子中，而且還活着的話，她絕對沒有理由不出來看一看的！

我心中不禁泛起了一股寒意，難道季子也已死了？暴徒兇手的目的又是什麼呢？

我勉力轉過身，燈光雖然十分明亮，但在我看來，卻是一片慘黃。我定了定神，才看到從博士伏屍的地方，到他的書房，沿途有點點鮮血。

那自然是說明博士是在書房中受擊的，受傷之後，還曾走了出來。可能兇徒是在書房中，刺了博士一刀，看到博士走了出來，便又在他的後腦上，加上致命的一下狙擊的。

我立即向博士的書房走去，只見書房之中，也是一片凌亂。

我剛想轉身走出書房，去找尋季子之際，忽然看到在書桌面上的玻璃上，有已經成了褐色的，以鮮血塗成的幾個日本字。

我開了燈一看，只見那是「他帶走了她」五個字。

「他帶走了她」，那「她」，當然是指季子而言了。然而，那「他」又是誰呢？「帶走了她」，「帶走了她」，難道那是方天？

方天比我早離去，我又是步行回家的。雖然我步行的速度不慢，但方天如果有車子的話，比我早到十多二十分鐘，是沒有問題的。

也就是說，方天有充分的行兇時間，而博士的屍體，兀自微溫，也正證明一切是發生在極短時間之前的事。

我竟沒有想到方天會作出這樣的事來，而放他走了！我一個轉身，衝出了屋子，衝過了花園，來到了大門口。

到了大門口，被寒風一吹，我的頭腦，才逐漸恢復了冷靜。

博士已經死了，雖然慘痛，這已是無可挽回的事實了。如今還可以挽回的是季子，方天以這樣的手段帶走了季子，對季子來說，那無疑是置身狼吻！

我深深地吸了一口氣，這既然是不久之前才發生的事，那麼，我只要不放鬆每一秒鐘的時間，緊緊地追上去，說不定可以追上兇徒的！

我已沒有時間去和納爾遜先生聯絡，也沒有時間和東京警方聯絡，我必須迅速地採取個人行動，在時間上和兇徒賽跑！

我低下頭來，看到大門口有新留下的汽車輪迹，博士並沒有車子，那可能是方天留下來的，門口的輪迹，十分凌亂。

但當我走出幾步之後，輪迹清楚了起來。乃是自東而來，又向東而去的。我循着輪迹，向前奔出，奔出了二十來步，輪迹便已不可辨認了。

我額上隱隱地冒着汗，那輪迹是我所能夠追循的唯一線索，但如今卻失去了。方天會將季子帶到哪裏去呢？會將季子怎麼樣呢？

我伸手入袋，取出一條手帕來抹着汗，就在那一瞬間，我猛地看到，街燈將我的影子，投射在地上，而在我的影子之旁，另有人影晃動！

我身子陡然一縮，向後倒撞了出去，雙肘一齊向後撞出，我聽到有人慘叫和肋骨斷折的聲音，我立即轉過身來，雙臂揮動間，眼前有兩個人，向前疾飛了出去，其中一個，撞在電燈柱上，眼看沒有命了。

但在這時候，我的背後，也受到極重的一擊。

那一擊之力，令得我的身子，向前一撲，可是在我向前一撲之際，我伸足向後一勾，那個在背後向我偷襲的人，也向地上倒了下來。

我身子一滾，一根老粗的木棍，又已向我當頭擊到，我頭一側，伸手一撈，便將那根木棍撈在手中，順勢向旁，揮了出去。

那一揮間，竟擊倒了兩個人！

這時，我才發現，伏擊我的人之多，遠出乎我的意料之外。有人沉聲叫道：「不能讓他走了！」

接着，又聽得「嗤嗤」兩聲響，有大蓬霧水向我身上落來。我持定了木棍，身子飛旋，又有幾個人，怪叫着躺下地去，然而我轉了幾轉，陡地，覺得天旋地轉起來。

我心中十分清楚，知道那是對方使用了麻醉劑水槍。而我剛才，並未提防，所以才着了他們的道兒。我心中雖然還明白，但是我的身子，卻已經漸漸不聽我的指揮了。

我仍然揮動着木棒，只見在街燈的照映下，我的附近，全是幢幢人影。

這時候，我已沒有能力看清那些是什麼人了，我只是聽得他們不斷發出驚呼聲，想是他們在驚異着，何以我中了麻醉劑，那麼久還不倒下。

我只想支持着，支持着，我知道我只要再支持五分鐘的話，那些人可能就會因為驚駭過甚而作鳥獸散了。但是我卻沒有法子再支持下去了，我的頭愈來愈沉重，我的四肢，漸漸麻木，我的眼前，出現了各種意想不到的色彩，像是在看無數幅印象派的傑作。

終於，我倒下去了！

我剛一倒下，後腦又受了重重的一擊，那一擊，更加速了我的昏迷。

我最後，只聽到腳步聲向我聚攏來，那腳步聲竟十分清晰，隨後，就什麼也不知道了。

等到我又有了知覺之時，我心中第一個念頭，便是：我在日本，這已是第二次昏迷過去，又能醒轉來了。接着，我便覺得致命的口渴，喉間像是有一盤炭火在燒烤一樣。

那是麻醉劑的麻醉力消失之後必有的現象。

我想睜開眼來看看四周圍的情形，但是眼睛卻還睜不開來。我鎮定心情，想聽一聽四周圍有什麼聲息，但卻一點聲音也聽不到。

我心中突然生出了一陣恐懼之感：難道我已被人活埋了麼？一想到這一點，我身子猛地一掙，在我渾渾濛濛的想像之中，我只當自己已被埋在土中了，因此那一掙，也特別用力。

可是事實上，我並沒有被埋在土中，一掙之下，我坐了起來，也睜開了眼睛。眼前一片片漆黑。我伸了伸手，舒了舒腿，除了後腦疼痛之外，走動了幾步，一股潮霉的氣味，告訴我這裏是一個地窖。我想取火，但是我身邊所有的東西，都失去了。

我心知自己成了俘虜，但是可悲的是，我竟不知自己成了什麼人的俘虜！

我只得先盡力使自己的氣力恢復，約莫過了半個小時，才聽得上面有人道：「他已醒過來了麼？」又有人道：「應該醒了，不然，用強光一照，他也會立即醒過來的！」

那一個人的話才一講完，我抬頭向上看去，正在不明白何以講話聲竟會發自上面間，陡地，眼前亮起了強光，那光線之強烈，使我在剎那之間，完全變成了瞎子！

我連忙伸手遮住了眼睛，只聽得有人道：「哈哈，他醒了。」

我感到極其的憤怒，連忙向後退出幾步，以背靠牆，再度睜開眼來。

我睜開眼來之後，好久才能勉強適應那麼強烈的光線，而我的怒意也更甚了。我是身在一間高達十公尺的房子的底部，在房子的頂部有一圈圍着的欄杆，可以俯看下面的地方，強光便自上面射下，集中在下面。

由於強光照射的關係，我雖然看到欄杆之後有人，但卻看不清他的臉面。而他們卻可以像在戲院的樓座，俯視大堂一樣，將我看得清清楚楚，我陡地感到，這種建築，很像羅馬貴族養狼、養鱷魚的地方！

在這樣的情形之下，任何修養再好的人，也不免怒發如狂，因為忽然之間，你發現自己不像是人，而是被豢養着的野獸了。

我大聲怪叫，道：「你們是什麼人？」

上面，隱隱有講話聲傳了下來，但是我卻聽不清他們在講些什麼，只是聽出，有兩個人像是正在爭論。我本來是背着牆壁，仰頭向上而立的，自上面照射下來的強光，令得我雙眼刺痛。

我低下頭來，避開了強光，只見我所處的地方，和那些人的所在之處，雖然很高，而且是直上直下的，但是我也可以勉力衝上去的。

我猛地吸一口氣，發出了一下連我自己的耳朵也為之嗡嗡作響的吼聲，向前直奔了過去，到了對面的牆壁前，我用力一躍，雙手雙足，一齊抵在牆壁上，向上疾爬上去了幾步！

那時，在牆壁上，我絕無可攀援的東西，而我之所以能在光滑的牆壁上上升，其關鍵全在一個「快」字，任何人只要動作快，就可以做到這一點。

我相信在武俠小說中被過分渲染了的「壁虎遊牆」功夫，一定也就是這一種快動作。而這一種快動作，受過嚴格軍事訓練的人，都有過這樣的經驗的。

我一口氣約莫上升了四公尺，只聽得上面，發出了幾下驚呼聲。

我將頭向上，雖然強光一樣灼眼，但由於離得近了，我可以較清楚地看見那二人，我仍看不清那些人的臉面，但是我可以看到他們所穿的服裝，十分古怪。

我又是一聲大叫，雙足一蹬，人向上一挺，又平空彈起來，當我伸出手來之際，幾乎已可以抓到欄杆了。

就在那時候，我聽得一個蒼老的聲音，以日語叫道：「我的天，他果然是那個人！」

我只聽到那樣的一句話，一件重物，便已向我的頭上，擊了下來。在那樣的情形下，我實在沒有趨避的可能，而那一擊的力道，又如此之大，使我在剎那之間，只覺得眼前的強光，忽然幻為無數個飛躍的火球，而在極短的時間中，我眼前又是一片漆黑。

我覺出自己要昏過去了，我所能做的事，只是盡力放鬆肌肉，以免得跌下去時，骨折筋裂。

至於我跌下去時的情形如何，我卻不知道了，因為那一擊，足以令得我在未曾跌到地上之際，便昏了過去。

當我再度有感覺之際，我只覺得整個頭部，像是一顆立時就要爆發的炸彈一樣，在膨脹、膨脹，單憑感覺，我頭部比平時，至少大了五六倍。

好不容易，我才睜開眼來。

這一睜開眼來，卻又令得我大吃一驚。

這一次吃驚，絕不是又有什麼強光，向我照射了過來，而是其他的事。

首先，我只感到我處身的所在，光線十分柔和，我定了定神，再游目四顧間，看到有三個少女，正站在我的面前，而我，則是坐在一張式樣十分奇特，像是最古老的沙發那樣的，舒適的椅子上。

坐在椅子上，和眼前有三個少女，這似乎都沒有什麼稀奇，也不值得吃驚。令我驚奇的是那三個少女，根本沒有穿衣服！當然，她們也不是裸體的，而是她們的身上，都披着一層極薄的白紗。

那層白紗的顏色，純潔柔和得難以形容，而那三個少女的胴體，也在薄紗掩映之間，可以看到一大半。那三個少女面上的神情，極使人吃驚。

她們面上的肌肉，像是全都僵死了一樣。

本來，她們三人，全是極美麗的少女，可是再美麗的人，有這種類似殭屍的神情，也是使人反胃的。她們的神情，像是她們全像在受着催眠一樣。

我心中的驚訝，也到了頂點，我不知道是落在什麼人手中，不知道剛才是什麼所在，不知道我又何以到了這間房間之中，不知道眼前那三個少女，為什麼只披着一層薄紗，而站在我的面前。

我站了起來。

我剛一站起，就像觸動了什麼機括一樣，那三個少女，突然向後退去。同時，耳際響起了一種十分深沉的鼓聲，撼人肺腑。

那三個少女，隨着那鼓聲，舞蹈起來。

那三個少女的容顏美麗，體態美好。然而，她們隨着鼓聲而起舞，卻絕不給人以美感，反而給人以十分詭異的感覺，使人感到了一股極其濃重的妖氛。

我吸了一口氣，不再理會那三個少女，轉過身，看到了一扇門，我拉了拉門，門鎖着，我一縮肘，以肘部向門外撞去。

「嘩啦」一聲響，門被我撞破了。

鼓聲突然停止，我正待不顧一切，跨出門去再說時，只聽得那三個少女，忽然都驚叫了起來，我忍不住回頭望去。

只見她們三人，擁成了一團，面上再也不是那樣平板而無表情，而是充滿了羞慚、恐懼之感，同時，她們竭力想以身上的那層輕紗，將她們赤裸的身子，蓋得更周密。

我看到了這種情形，更可以肯定她們剛才是受了催眠，而鼓聲一起，她們便翩然起舞，那也純粹是下意識的作用。

我並不走向前去，只是道：「你們是什麼人，這裏是什麼地方？」

那三個少女不住發抖，只是望着我，一言不發。

我又問了一遍，只聽得一個十分陰沉的聲音，轉了過來，道：「不要問她們，問我。」

我轉身過去，只見一個人，已推開了被我撞破的門，走了進來。

他是一個中年人，生得十分肥壯，身上穿着一件月白緞子的和服，打扮得也是十分古怪。

他一進來，向那三個少女一揮手，那三個少女，連忙奪門而走。

他又將門關上，向被我撞破的破洞，望了一眼，笑了一下，道：「這三個在我們這裏，不是最美麗的，難怪你要發怒了。」那人的話，我實在是莫名其妙，一點也不懂！

然而，我卻為那人講話時下流的態度和語氣所激怒了。

我大聲道：「你是什麼人？」

那人聳了聳肩，道：「我是這裏的主人。」

我踏前一步，那人的身子，立即微微一側，那是精於柔道的高手的姿勢，道：「那麼，我們就坐下來慢慢地談，方先生。」

我聽得他叫我為「方先生」，不禁呆了一呆。

不等我分辯，那人又道：「方先生，坐下來談如何？」我想告訴他，他弄錯了，我並不是方先生。但是，我在考慮了十幾秒鐘之後，卻並沒有說什麼。

一則，這裏的一切十分詭異而帶有妖氛的情形，吸引了我，我準備將錯就錯地和這人胡混下去，以窺個究竟。

二則，那人口中的「方先生」，也吸引了我。固然，姓方的人，千千萬萬，但是我不能不立即想到方天。我是從佐佐木博士的家中出來之後遇伏的，會不會這人將我當作方天了呢？

所以，我在椅上坐了下來。坐的仍舊是那張椅子。那人走了過來，在這張椅子的把手上敲了敲，道：「這是德川幕府時代的東西，真正的古董。」

我冷冷地道：「對於古董，我並不欣賞。」

那人一個轉身，來到了我的面前，道：「那麼女人，金錢，你對什麼感到興趣？剛才的少女你看到沒有？相貌、身材，哪一樣不好？但我們還有更好的，只要你有興趣……」

我愈聽愈覺得噁心，只是冷冷地望着他。

那人卻越說越是興奮，道：「錢，你要多少，你只要開口，我們有的是錢！」

我四面一看，道：「我可以先問一句話麼？」

那人道：「自然可以的。」

我道：「我昏過去了兩次，在我第一次昏迷，醒過來之際，我發現自己在一個十分怪的地方，被強光照射着，那也是你們的地方嗎？」

那人道：「是的，因為我們這裏的三個長老，要證明古老的傳說是不是真的。」

我簡直是愈弄愈糊塗了，什麼叫着「長老」，什麼叫作「古老的傳說是不是真的」，那一切，究竟又是什麼意思？

那人以十分熱切的眼光望着我，我歎了一口氣，道：「你們想要什麼？」那人來到我的身邊，將他滿是肥油的臉，湊得離我極近，以極其詭秘的口氣，道：「我們要你為我們表演一次飛行，以證明我們三大長老的神通。」

我本來以為那人一問，便可以明白究竟了，可是那人一回答，我卻更加糊塗了！

「表演一次飛行」。那又是什麼意思？我又不是飛行家？

當我想到「我不是飛行家」之際，我的心中猛地一動！

因為這時候，眼前那個胖子，是將我當作「方先生」的，不管「方先生」是什麼人，他一定有着特殊的飛行技能，所以才會作這樣的要求。

我想了一想：「你們究竟是什麼人？」

那人道：「這一點，閣下不用管了。這一個月的月圓之夜，在下關以北的海濱上，我們有一個盛大的集會，我們就要你在這個集會上表演。」

我再問一遍：「表演什麼？」

那人道：「飛，表演你數百年來的本領，飛向圓月，飛到虛無飄渺的空間！」

我心中在大叫：「這是一所瘋人院嗎？」然而，那人講述這幾句話時，雖然表現了一種狂熱，卻是十分正經，顯然他的神經，只是在興奮狀態之下，而不是在失常的狀態之中。

我在這樣的情形下，實在是沒有別的話可以說了。

那人的神經是正常的，但是他所說的，卻又十足是瘋話，在這種人的面前，你能說些什麼呢？

我只是望着他，那人的態度，愈來愈是興奮，道：「你表演完畢之後，就成為我們的偶像了，無論你要什麼，都可以得到——」

他講到這裏，特別加強語氣，道：「無論什麼，只要你開口，我們都可以給你。」

我心中的疑惑到了極點，過了好一會，我才道：「你們究竟是什麼人，會有那麼大的勢力，可以什麼都做得到？」

那人向我湊了近來，眼中閃躍着異樣的光彩，道：「月神會！」

那三個字給我的震動，是無可比擬的，我霍地從椅子上站了起來，又立即坐了下去！

月神會！原來我是落在月神會的手中了！

我心中不禁暗罵自己愚蠢，其實，是我應該早料到他們是「月神會」的人馬。那人的口中提到過「三大長老」，提到過海灘邊上，月圓之夜的大集會（那是月神會信徒經常舉行的一種宗教儀式），那三個披着輕紗，受了催眠的少女……等等。

這一切，都說明事情是和這個潛勢力龐大到不可比擬的邪教有關的。

然而，我此際雖然明白，我是落在月神會的手中了，我仍然不明白月神會想要我作什麼。

雖然那胖子曾經說過，叫我在他們的一次大集會中，「表演一次飛行」，但是我對他所說的話，仍然一點也沒有聽懂。

我呆了半晌，才歎了一口氣，道：「原來是你們，原來這樣對待我的是你們！」

我本來是隨口這樣說一說的，而並沒有什麼特殊的意思的。

可是那胖子一聽，卻立即現出了惶恐之色，向後退出了一步，手扶着桌子，身子幾乎想要跪了下去。他道：「我們……我們是不應該這樣對待你的，但我們必須證明你是不是那人。」

我插言道：「什麼人？」

那胖子像是未曾聽到我的話一樣，面上又充滿了諂笑，道：「說起來，沒有你，不會有月神會！」

這時候，我真正開始懷疑這個人的神經，是不是正常的。

月神會之獲得蓬勃的發展，乃是二次世界大戰結束之後的事情，它像是茅草一樣，在戰後的日本廢墟上，拚命的生長着。但是，月神會的存在，雖未有確鑿的考據，卻也有一二百年了。那胖子卻說因為我才有月神會，那不是瘋子麼？我苦笑道：「那是什麼話？」

那胖子站了起來，像是在朗誦詩歌一樣，道：「我們的祖先說，他創立月神會，是因為看到有人從月亮上下來，他相信人能上月亮，在月亮上生存，比在地球上更美滿，這就是月神會的宗旨。」

我相信月神會創立之際，可能真是有這樣的宗旨的。但現在，月神會卻是一個真正的邪教，和以前的宗旨，完全變質了。

我道：「是啊，那和我有什麼關係呢？」

那胖子面上的諂笑更濃了，道：「方先生，那從月亮上走下來的人，就是你啊，是你親口對我們的祖先說的，你還在他的面前，表演了飛天的技能，月神會最初的十個信徒，就是因此而來的，我們會中的經典中，有着詳細的記載！」

我聽他講完之後，我的忍耐力已經到了最大限度了。我倏地站了起來，手按在桌上，也俯過身去，道：「你聽着！第一，我根本不是什麼方先生。第二，就算是方先生，他也不會飛的，他不是妖怪，去你的吧！」

大概是我的話，使得他太過震驚了，所以，他在那一瞬間完全呆住了。

這給了我以一個極佳的機會，我不給他以喘息的機會，右拳已在他下顎上，重重地擊了一下。

而幾乎是立即地，我左拳又在他後頸上，重重地劈了下去。

那一擊和一劈，使得那個胖子像一堆肥肉也似地軟癱在地上，再也爬不起來了。

我早已看出那胖子的柔道十分精通，所以，他雖然倒地不起了，我仍然不放心，又在他的後腦上，重重地踢了一腳，肯定他在短時間內，絕不會醒過來了，我才一閃身子，到了那扇門旁。

第十一部

月神會

那走廊的兩旁，全是房間，所有的房門都關着。走廊中並不是沒有光亮，但光亮的來源，卻是每隔一步碼，便有許多盞的油燈！

居然還點油燈，這是十分可笑而詭異的事情。我打開了門，輕輕地向外，走了幾步，又停了下來。因為這時候，我聽到了距我不遠之處，有另一扇門打開的聲音，我貼牆而立，只見一扇房門打開，一個穿和服的男子，匆匆走出，他並沒有發現我。我見他向走廊的盡頭走去，到了盡頭，推開了門，在門的開合間，我發現那是一道樓梯。我心中這時所想的，只是想離開這兒。固然我這時所遭遇到的事情，複雜到了極點，而且都是非解決不可的。但是先決條件，就是要離開這個月神會的巢穴！我一等那人下了樓梯，立即向前奔去，到了走廊的盡頭，推開門來，一閃身，便已順着那盤旋的樓梯，向下飛奔而下。樓梯上十分沉靜，也只有一盞一盞的油燈，在閃耀着昏黃的光芒。我這時才有機會粗略地打量這一座建築物，看來，這是一座古堡型的建築。

我一口氣奔到了樓下，但是我卻沒有再向下衝去，而是緊貼着欄杆而立，將自己的身子隱藏得盡量不給下面的人看到。下面，樓梯的盡頭處，是一個很大的大廳，大廳上這時燃着三個火把，那三個火把之旁，各有一張椅子，椅子的背十分高，椅子上坐了人，椅背還高出了一大截來。在每張椅子高出的那一截上，有着閃耀着月白光輝的貝殼所砌成的一個圓月。

坐在椅上的三個人，全是五六十歲上下，他們身上的衣服，也是月白色的。五個人坐着，一動不動，另外還有七八個人在一旁站着，也是一動不動。沒有人説話。大廳中不但燃着火把，而且還燃着一種香味十分異特的香，使得氣氛更有一股説不出的詭異之感！看這些人的情形，像是正在等待着什麼。

而我因為下樓梯時的腳步極輕，所以大廳中並沒有人看到我，使我可以仔細打量下面的情形。

如果我不知道自己是處身在月神會的巢穴中，那麼我看到眼前這樣的情形，一定會疑心我是不是在夢中了。而如今我既然知道自己是在月神會的巢穴之中，這一切就不足為怪了。

因為月神會本來就是一個以各種各樣古怪的形式，來迷惑人的邪教。

只不過很奇怪，月神會的信徒，似乎並不限於下層沒有知識的人，有許多有知識的人也是月神會的信徒，我相信這是他們不知不覺，在宗教儀式中接受了長期催眠的結果。

我打量了片刻，發現我絕無可能通過大廳出去而不被他們發覺。

我又輕輕地回到了樓上。剛才我記得我一共下了六層樓梯，這時候，我只是回上一層。

我到了二樓，推開了走廊的門，發覺也是一條長走廊，兩旁全是房門。我揀了最近一個房門，推了一推，沒有推開。我在門上敲了兩下，只聽得裏面有人粗聲道：「來了。」

我握定了拳頭等着，不到一分鐘，房門打了開來，一個人探出頭來，我深信那人根本不及看清楚我是什麼人，就已經中了我的一拳，翻身「蓬」地一聲向後倒了下去。我連忙踏進了房間，房中原來只有那倒地的一個人，房中的陳設也很簡單，像是一間單人宿舍。

我走到窗口，推開窗子，向外一看，不禁呆了一呆。我看了海濤、岩石，和生長在岩石中的松樹，這裏絕不是東京。

我探頭出去，可以看見建築物的一部分。果然，那是一幢古堡式的建築。

本來，我是準備從窗口縋下去，以避開那些在大廳中的人的。這時，我的計劃仍沒有改變，但實行起來，卻困難得多了。

因為那古堡也似的建築，是建造在懸崖之上的，懸崖極高，下面便是不時湧起浪花的海潮，並不是如我的想像那樣，一下了窗口，便是通衢大道！

可是，我也沒有考慮的餘地，懸崖固然陡峭，但看來要攀援的話，也還不是什麼難事。

我撕破了一張牀單，結了起來，掛在窗子上，向下縋去，等我離海面接近，我雙手用力一拉，將掛在窗子上的牀單拉斷，人也跟着牀單，跌了下來。

那是一個十分危險的行動，因為建築物是在懸崖邊上，我可能就此跌下海中去的。所以我在跌下去的時候，要將牀單拉斷，那樣，不但可以暫時不被人發覺的行動，而且，有一幅撕成長條的牀單在手，就算我跌出了懸崖，求生的機會也多得多了。

幸運得很，我落下來之處，離懸崖還有一些的距離。我定了定神，拋了牀單，在懸崖上向下，慢慢地攀援了下去，好不容易，才到了海浪可以撲擊得到的一塊大石之上。

我站在那塊大石之上，不禁又呆了半晌。

在我的左、右和後面，全是峭壁，而且我就是從峭壁上攀下來的，當然不能再回去，而在我前面的，卻是茫茫大海。

這大海是我的出路，但是我應該如何在海上離開呢，靠游泳麼？

這並不是在開玩笑，的確是可以靠游泳的。

因為我可以沿着峭壁游，等到找到了通道，便立即上岸去。

但不到不得已的地步，我又不想游泳，我四面看着，可有小船可以供我利用。也就在這時候，我聽得了峭壁之上，傳來了大叫之聲。

我抬頭向上看去。

只見那古堡型的建築中，幾乎每一個窗口中，都有人探頭向下望來。而另有十來個人，正沿着峭壁，向前奔了過來。

這當更合上了一句古語，叫作「前無去路，後有追兵」了。

我一時之間，想不出什麼辦法來，眼看從那古堡型的建築中奔出來的人，沿着峭壁，向下面迅速地爬了下來，身手十分矯捷。

從這幾個爬下來的人，能夠這樣圓熟地控制他們的肌肉，這一點看來，這幾個人，毫無疑問是柔道高手，而他們的腰際，還都佩着手槍。借着古老的傳說做幌子的邪教，再加上最現代的武器，我雖然被他們認為「會飛的人」，但也不敢再多逗留下去！

我不再猶豫，一湧身，便向海中躍下去！

在我躍下去之際，我聽得峭壁之上，有人以絕望的聲音叫道：「月神，不要降禍於我們！」

我心中暗罵「他媽的」，這算是什麼玩意兒，我什麼時候成了「月神」了？如果我有能力降禍於你們的話，你們這干邪教徒，早已被我咒死了！

我沒有機會聽到他們第二句話，「撲通」一聲，人便沉入海中了。

不要忘記，那正是冬天，海水雖然沒有結冰，但是冷得實在可以，那滋味絕不好受。

我在水中，潛泳出了十來公尺，又探出頭來。我是沿着岸邊的岩石游着的，並未曾遠去，探出頭來之後，藉着一塊大石，將我的頭部遮住，我卻可以偷眼看到站在岩石上的那些人。

只見剛才和我談話的那個胖子，這時也在，他的身子抖着，面上一塊青一塊腫，一個長得十分兇惡的老人，正在一下又一下地摑着他的耳光。

那老者是剛才我在大廳中見過的三個老者之一，他打着那胖子，那胖子一點也不敢還手，只是哀求道：「二長老，不關我的事，不關我的事，他……他埋怨我們不該將他放在室底，用強光照射他。」

我心中暗忖，那正是在說我了。

那老者「哼」地一聲，不再動手打那胖子，對四周的人道：「將他找到，要盡一切可能，將他找到，我不相信他是已活了幾百年，從月亮上下來的那人，但是他能使我們的地位更鞏固，蠢材，明白了麼？」

他身邊的人，一齊答應了一聲，道：「明白了。」

我心中暗忖，那老者原來是月神會的「二長老」，難怪如此威風。只是他的話，我卻仍然有不明白的地方，看來，我在垂直的牆壁上，利用速度，縱身直上，這樣一件事被他們當作我能夠「飛行」了。

然而事情顯然沒有那麼簡單，那胖子和二長老都曾提及數百年前月神會創立之際，「一個自月亮上下來的人」。為什麼他們會以為我——不，以為「方先生」會是「月亮中下來的人」呢？

方先生是不是方天，我還沒有法子證實，但是他的可能卻十分大。我不再看下去，又浸入水中，向前潛泳出去。

我估計已潛出很遠了，才又探頭出來，果然，已經轉過了那度峭壁，眼前是一片十分荒涼的海灘，我躍離了海水，向前飛奔着，若不是我飛奔，那我可能全身都被凍僵了！

我奔出了很遠，才有一些簡陋的房屋，我詭稱駕艇釣魚，落到了水中。雖然那一家主人，對我的話十分懷疑，但是他仍然借給我衣服，生起了火，給我飲很熱的日本米酒，使我得到溫暖。

半小時後，我的精神已經完全恢復了，我向那家主人，道了衷心的感謝，穿上了我自己剛被烘乾的暖烘烘的衣服，又走出了里許，我才知道自己是身在東京以東兩百公里處的海邊。

那也就是說，從東京佐佐木博士家附近被擊昏，到我在那堵直牆上，飛竄而上，被重物擊暈之後，一直到再度醒來，看到眼前有三個被催眠的少女在舞蹈，我已被搬離東京，達二百公里之遙！

「月神會」的神通和勢力之大，於此可見一斑了。

這裏並沒有火車可搭，在大路上站了一會，才攔住了一輛到東京去的貨車，我答允給司機一些好處，他便讓我坐在他的旁邊。

在車上，我盡量保持沉默，不和司機交談，那不為別的，只是為了我要思索。

我不但不能將我所遭遇的事，理出一個頭緒來，而且，連我遭遇到的是什麼事，我都說不出所以然來。那是我從來也未曾經歷過的事。

「月神會」所要找的「方先生」，就算是方天吧，月神會找他作什麼？方天是一個傑出的太空科學家，如果挖空心思要找他的，是某國大使館的特務，那就不足為奇了，月神會是一個導人迷信的邪教，和太空科學完全無關，但月神會卻在找方天（那是我的假設，我知道這個假設至少不會離事實太遠）。

某國大使館呢？他們亟亟於將一隻神秘的金屬箱子，運出東京去，而那隻箱子，似乎又和日本豪門，井上家族有關，箱子中是什麼，我沒有法子知道，因為我們未能打開那個箱子，便已為人所奪，最可悲的是，奪走箱子的是什麼人，我也不知道。

佐佐木博士死了，他的女兒失蹤了，這件事，似乎和方天有關。

事實上，我也開始相信，什麼事情都和方天這個不可思議的藍血人有關。

然而，正因為方天的本身，猶如一團迷霧一樣，所以，和他有關的一切事情，也更成了一團迷霧！再加上了「月神會」這樣神秘的組織，什麼「人從月亮下來」，「飛向月亮」的傳說，我想了好一會，腦中嗡嗡作響，不由自主，歎了一口氣。

貨車司機卻好心地勸我，道：「不要愁，東京是好地方，到了那裏，你就會快活了。」

我只得含糊地應着他，司機誤會我是一個到東京去找事情做的失業者，又道：「有錢人，不一定幸福，你看那裏！」

我不知他說的話是什麼意思，循着他所指看去，只見在一個山頭之上，有着一幢宏偉之極，單從外表看來，也是極盡華麗奢侈之能事的大宅。

我問道：「那是什麼人的住宅？」

司機以奇怪的眼色望着我，道：「你是從哪裏來的？這是井上次雄的住宅啊！」

我一聽到井上次雄的名字，心中不禁猛地一動，道：「就是那個全國聞名的富翁麼？」

貨車司機道：「不錯，他是全國最有錢的人，但是他晚上也只能睡在一張牀上，和我一樣，哈哈！」

那貨車司機是一個十分樂觀的人，他絲毫不覺得自己比起井上次雄來，有什麼失色。

而在那一瞬間，我心念電轉，想及我曾經答應納爾遜先生，追尋那隻硬金屬箱子，和發掘它的秘密。

如今，我已從那家精密儀器製造廠方面獲知那隻硬金屬箱子，是由井上次雄委託所製成的，那麼箱子中是些什麼，井上次雄自然應該知道的了！

我這時回到東京去，一則要躲避某國使館特務的追尋，二則，也沒有什麼別的事情可以做，何不就此機會，去拜訪一下井上次雄？

這時候，貨車正好駛到一條岔路口子上，有一條極平滑的柏油路通向山頭去，我伸手在司機的肩頭上拍了拍，道：「請你在這裏停車！」

司機將車子停住，但是他卻以極其奇怪的口氣道：「這裏離東京還遠得很哩。」

我點了點頭，道：「我知道，我忽然想起來，我有點事要去看看井上次雄。」

司機一聽，起先是愕然，繼而，他面上現出了十分可怕神色來，道：「朋友……你……你……井上家中……是沒有現款的……」

第十二部

井上家族的傳家神器

我大聲笑了起來，司機以為我是想去向井上次雄打劫的綠林好漢了。在笑聲中，我打開門，躍下了車，那司機立即開車，飛駛而去。

我抬頭向那條路看去，那條路很長，但是它平滑而潔靜，我相信這大概是全日本最好的一條路了。我在路邊的草叢中，蹲了下來。

大約等了二十分鐘左右，一輛大型的「平實」汽車，從東京方面駛了過來，到了路口，便向山上駛了上去。

我看到在車廂中，井上次雄正在讀報。

我從來也沒有看到過井上次雄本人，但是我卻看到過無數次他的相片。在那一瞥間，我發現他本人和照片，十分相似，他像是生下來就受人崇拜的一樣，有着一股凜然的神氣。在車子一駛過之際，我從草叢中飛躍而出，一伸手，拉住了車後的保險架，身子騰起，迅速地以百合鑰匙打開了行李箱，一曲身，鑽了進去，又將箱蓋蓋上。

從我飛躍而出，到我穩穩地藏在行李箱中，前後只不過半分鐘的時間。

這一連串的動作，乃是美國禁酒時代，黑社會中的人所必須學習的課程，身手好的，不論汽車開得多麼快，都有法子使自己在一分鐘之內，置身於汽車的行李箱中，而不為人所覺。由於汽車的構造，看來有異，實際大同小異的緣故，所以，這一套動作，有一定的規定，幾乎是一成不變的。

我並不想教人跳車，那幾個動作的詳細情形，自然也從略了。

我躲在車廂中，才開始盤算我該如何和井上次雄見面，我知道：井上次雄是要人，若是求見，不要說見不到他本人，只怕連他的秘書都見不着，便被他的家人擋駕了。要見他，只有硬來了。車子停下，看來是停在車房之中，等他司機下車，我從行李箱中滾出來，先鈎跌了他的司機，一腳將之踢昏過去，然後一躍而起，來到了井上的面前。

他立即認出了我不是他的司機！

也就在這時候，我踏前一步，攤開手掌，讓他看到我握在手中的小匕首，然後將手移近他的背部，低聲道：「井上先生，別出聲，帶我到你的書房去，我要和你單獨談談。」

井上次雄的面色，略略一變。但只是略略一變而已，立即恢復了鎮靜。

他揚頭看去，三個保鑣離我們都有一段距離，他知道若是出聲，我固然跑不了，但最先吃虧的，卻還是他自己！

他十分勉強地笑了一笑，道：「好，你跟我來吧。」

他只講了一句話，便又轉身向石級上走去，我跟在他的後面，那幾個保鑣，一點也沒有發覺事情有什麼不妥，他們的心中，大概在想：今天井上先生的心情好，所以司機便趁機要求加薪了。

我緊緊地跟在井上的後面，不一會，便到了二樓，井上自公事包中，取出鑰匙來，打開了一扇門。

在那時候，我的心中，實是十分緊張。

我的安全，繫於井上次雄的膽小怕死。然而如今井上次雄看來卻十分鎮定。這是一個我完全陌生的地方，眼前我雖然佔着上風，但也隨時可能轉為下風。

如果我失手的話，那麼雖然我持有納爾遜先生給我的那份證明文件，只怕也脫不了身，那自然是因為井上次雄在日本是非同小可，舉足輕重的人物。

井上次雄打開了門，我才略為放下心來。那是一間十分寬大的書房。佈置之豪華舒適，我在未見到之前，是想像不到的。

我一踏上了軟綿綿的地氈，便順手將門關上，井上次雄向書桌前走去，將公事包在桌上一放，立即去拉抽屜，我立即一揚手中的匕首，道：「井上先生，我飛刀比你的手槍還快！」

井上次雄卻只是瞪了我一眼，仍是將抽屜拉了開來，他從抽屜中取出一本支票簿來，「拍」地一聲，放在桌上，道：「要多少，我不在乎的。」

我向前走出幾步，隔着桌子和他相對，沉聲道：「井上先生，你錯了，我不要錢，一元也不要。」

井上次雄面色真正地變了，他右手立即又向抽屜中伸去。

可是我的動作卻比他快了一步，在他的手還未曾伸到之前，我已經先將他抽屜中的手槍，取了出來，對準了他。

井上次雄像是癱瘓在椅子上一樣，只是望着我，卻又一聲不出。

我手在桌上一按，坐到了桌子上，道：「井上先生，我不要錢，如果你肯合作的話，我也絕不會取你的性命。但是你要知道，我既然冒險到了這裏，那麼，在必要的時候，我也不惜採取任何行動的，你明白麼？」

井上次雄的面色，又漸漸和緩了過來，點了點頭，表示他已明白。

我玩弄手槍，道：「你曾經委託某工廠，為你製成一隻硬度極高的金屬箱，是不是——」

井上的面上，現出了極度怪異的神色，道：「原來你就是——」

他講到這裏，便突然停口，道：「我不明白你要什麼。」

我道：「那只要你的回答！」

井上道：「好，那麼我說是的。」

我道：「那隻硬金屬箱子，是密封的，絕不是普通的金屬的切割術所弄得開的。」

井上次雄道：「不錯，那家工廠的工作做得很好，合乎我的要求，因為我絕不想將箱子打開。」

我將頭湊前了些，道：「井上先生，我如今要問你，箱子中是些什麼？」

井上次雄望着我，道：「我必須要回答麼？」

我乾脆地告訴他，道：「我就是為這個目的而來的。」

井上次雄呆了片刻，才道：「那我怕要令你失望了。」

我一揚手槍，道：「難道你——」

他連忙道：「不，我是說，箱子中是什麼東西，連我也不知道。」

我冷冷地道：「井上先生，我以為在你如今的地位而言，不應該向我說謊了。」

井上次雄站了起來，道：「如果你是為要弄明白那箱子中是什麼而來的話，你一定要失望，我沒有法子回答你了，如果那箱子還在的話，我們可以將箱子切開來，你能告訴我箱子中是什麼，我還會十分感激你，可惜那箱子已經失竊了。」

井上次雄的話，令得我更加莫名其妙。

我想了一想，道：「井上先生，我以為箱子中的東西是什麼，你應該知道的。」

井上次雄道：「我知道那東西的大小、形狀，但是我不知那究竟是什麼？」

我忙又道：「那麼，你將這東西的形狀、仔細地說上一說。」

井上次雄道：「那是一個直徑四十公分的六角球，每一面都像是玻璃的，有着許多細絲，還有許多如刻度的記號，以及一些莫名其妙的文字，有兩面，像是有着會閃動的光亮……」

我越聽越是糊塗，大聲道：「那究竟是什麼？」

井上次雄道：「我已經說過了，我也不知道。」

我吸了一口氣，道：「那麼，你是怎麼得到它的？」

井上次雄道：「這是我們井上家族的傳家神器，是從祖上傳下來的。」

我道：「是古董麼？」

井上次雄搖頭道：「又不像，我請許多人看過，都說不出所以然來。那家精密儀器製造廠的總工程師，說那是一具十分精密的儀器，大約是航行方面用的，要讓我給他拆開來研究，但給我拒絕了，我只當他在夢囈。」

我道：「為什麼你不採納他的意見？」

井上次雄道：「這件東西，在井上家族最早發迹的一代就有了，到今天，已有一百八十多年的歷史，那時，連最簡單的滑翔機也沒有，人類還在汽球時代，怎會有如此精密的儀器？」

給井上次雄一解釋，我也感到那位總工程師的想像力，太過豐富了些，難怪井上拒絕他的要求的。

到那時為止，我和井上次雄的對話，非但未曾幫助我解開疑團，反倒使我更向迷團邁進了一步。

我又道：「那麼，你為什麼要將那東西，裝進硬金屬箱子去呢？」

井上次雄道：「那是因為我最近命人整理家族的文件，發現了一張祖先的遺囑的緣故。那張遺囑吩咐井上後代的人，要以最妥善的方法，將那件東西藏起來，埋在地底下，不被人發現。」

我忙道：「立那張遺囑的人是誰？」

井上次雄道：「我可以將那張遺囑給你看。」

我點了點頭，井上打開了一隻文件櫃，找了片刻，取出一隻夾子來，他將夾子打開，遞到了我的面前。我一面仍以手槍指着井上，一面向夾在文件夾中的一張紙看去。那張紙已經變成了土黃色，顯是年代久遠了。

上面的字，也十分潦草，顯是一個老年人將死時所寫的，道：「天外來人所帶之天外來物，必須妥善保存，水不能濕，火不能毀，埋於地下，待原主取回，子孫違之，不肖之極。」下面的名字，則是井上四郎。

井上次雄道：「井上家族本來是北海道的漁民，從井上四郎起，才漸漸成為全國知名的富戶的。」

我奇怪地道：「你怎麼知道『天外來物』，就是指那東西呢？」

井上次雄道：「在這張遺囑未被發現之前，那東西被當作傳家的神器，象徵發迹的東西，一代一代傳下來，都稱之為『天外來物』的。」

我默默無語，井上次雄已什麼都對我說了，但是我卻得不到什麼。

井上次雄又道：「我發現了這張遺囑，便遵遺囑所示，先以石綿將那東西包了起來，再裹以鉛板，然後才以那種最新合成的硬金屬，包在最外層。」

我向那張遺囑指了指，道：「待原主取回是什麼意思？」

井上次雄道：「我不知道。」

我道：「真的？」

井上次雄道：「自然是，這件東西到如今為止，從未有人要索回它過，而已經一百八十多年，原主只怕也早死了。」

我在心中，將井上次雄所說過的所有話，又迅速地想過了一遍。我覺得井上次雄所說的全是實話。

我之所以作這樣判斷的原因有二：第一、井上次雄沒有理由在我的手槍指嚇下而說謊。第二、那「天外來物」對井上次雄來說，似乎並不重要，他絕無必要為了這樣一件他不重要的東西，而來冒生命之險的。

而且，那張古老的遺囑，也顯然不是偽造之物，他將那「天外來物」裝在那硬金屬之箱子中，也只不過為了完成先人的遺志而已。

我和井上次雄的談話，到如今為止，仍未能使我對那箱子中的東西，有進一步的了解。

如果我能見一見那「天外來物」，那我或許還可以對之説出一個概念來，但現在那東西，連箱子也不知道哪裏去了。

我沉默着，井上次雄望着我，約莫過了三分鐘，他略欠了欠身子，道：「你還有什麼要問的麼？」

我道：「有，那麼，這天外來物，連那隻箱子，是怎樣失去的呢？」

井上次雄搓了搓手，道：「這件事説來更奇怪了，那隻硬金屬箱子的體積很大，我在那家儀器廠中見到過一次，便吩咐他們，把它運到機場，我有私人飛機，準備將箱子運到我們井上家族的祖陵去，將之埋在地下的。怎知在機場中，那箱子卻失蹤了！」

我道：「你沒有報警麼？」

井上次雄道：「自然有，警局山下局長，是我的好友。」他在講那句話的時候，特別加強語氣，像是在警告我，如果我得罪他的話，那是絕沒有好處的。

我笑了一笑，躍下了桌子，來回踱了兩步，道：「井上先生，這是最後一個問題了。」

井上次雄的面色，立即緊張起來，顯然他不知道我在問完最後一個問題之後，將準備如何對付他。他舐了舐舌頭，道：「請説。」

我道：「井上先生，我相信你對那『天外來物』究竟是什麼，確不知道。但是你可曾想到過，那可能是十分重要的物事，重要到了使國際特務有出乎劫奪的必要？」

井上次雄呆了幾秒鐘，才道：「我不明白你這樣説法，是什麼意思。」

我沉聲道：「我曾經見過那隻硬金屬箱子在某國大使館中，但是如今，卻已不知落在什麼人手中了。」

井上次雄搖了搖頭道：「那『天外來物』究竟是什麼，沒有人説得出來，那的確是一件十分神秘的事情，但是我卻不以為它是那樣有價值的東西。」

我緊盯着問道：「為什麼？」

井上次雄道：「或許，那是我從小便見到這東西的緣故吧！」

我歎了一口氣，道：「我真恨不得能看到那『天外來物』一眼。」

井上次雄道：「我曾經將這東西，拍成過照片，你可要看一看？」

我大喜道：「好！好！好極！快拿來看看。」

井上次雄道：「那我就要站起來走動一下。」

好處。」

我向後退出了一步，道：「只管請，但是請你不要驚動別人，那對你沒有

井上次雄突然笑了起來，道：「你以為我是小孩子，脫離了人家的保護，便不能過日子了麼？」他一面說，一面站了起來，走到了一隻文件櫃前，翻了一陣，取出了兩張相當大的相片來，道：「這就是了。」

我接了過來，一揚手槍，道：「請你仍回到座位上去。」那時，我對井上次雄的戒備，已不如一上來時那樣緊張了，因為我相信井上次雄是聰明人，他也看出我此來的目的，只不過為了弄清有關「天外來物」的一些事，並無意加害於他。

所以，我一面令他回到座位上，一面便去看那兩張照片，我只看了一眼，全副注意力，便都被照片上的東西所吸引了。

井上次雄的概括能力很強，他對那「天外來物」的形容，雖然很簡單，但是卻很正確。那是一個六角形的立方體，有十二個平面。從照片上看來，那東西是銀灰色的，像是一種十分高級的合金。

有兩個平面，是翠綠色的粒狀凸起，看來有些像攝影機上的「電眼」。而更多的平面，看來十足是儀錶，有着細如蛛絲也似的許多刻度。

而更令得我震驚不已的，是在一個平面上，還有着文字，我之所以受震，只因為那種文字，我沒有一個字認識，但是我卻曾經看到過，便是在方天的日記簿中！那種莫名其妙的扭曲，有着許多相同的地方，顯然那是同一的文字。

我全副精神，都被那兩張照片所吸引。方天的那本日記簿，還在我的身邊，我正想取出來，和照片上那「天外來物」之上的文字對照一下之際，我猛地覺得，氣氛彷彿有所不同了。

這純粹是多年冒險生活所養成的一種直覺。我猛地抬起頭來，只見那張華貴之極的寫字檯之後，並沒有井上次雄在。

也就在這時候，井上次雄的聲音，在我的身後，響了起來，我的腰眼中，也覺出有硬物一頂，井上次雄道：「放下你的手槍，舉起手來。」

在那瞬間，我的心中，實是沮喪之極！

我只得將手槍拋開，舉起手來。

我心中暗吸了一口氣，我費了那麼多的精神，冒着那麼大的險，剛得到一點點的結果，那就是根據「天外來物」上的文字，和方天日記簿上的文字相同這一點來看，那「天外來物」和方天，的確是有關係的。

但也正由於我發現了這一點，心情興奮，注意力全部為之吸引過去之際，井上次雄卻已到了我的背後！

我竟沒有想到，像井上次雄這樣成功的人，是絕不容許失敗的，他是可以有成功，成功對他來說，便是樂趣，他一直想反抗我，不管我的目的何在，他絕不能居於人下，聽人發號施令！

而我竟忽略了他性格上這樣重要的一面！以致被他完全扭轉了局面！

我心中苦笑着，在那一瞬間，我實是一點辦法也想不出來。我更不敢亂動，因為我如果死在井上次雄的槍下，井上次雄毫無疑問是「自衛殺人」，他是一點罪名也沒有的！

也正因為他殺了我可以絕無罪名，他也可以隨時殺我，所以我更要戰戰兢兢，使他不下手！

我舉着手，竭力使自己的聲音，聽來鎮定，道：「井上先生，局面變得好快啊！」

井上次雄大聲縱笑了起來，道：「向前走，站到牆角前去，舉高手！」

在那樣的情形下，我除了聽他的話之外，絕無辦法可想。等我到了牆角上，井上次雄又道：「你可曾想到我這時如果將你殺了，一點罪名也沒有的麼？」

我心中不禁感到了一股寒意，想了一想，道：「自然想到過，但是我卻一點也不怕。」

井上次雄道：「你不怕死？」

我聳了聳肩，道：「不怕死的人是沒有的，我是說，你絕不會向我動手的。」

井上次雄道：「你竟敢這樣輕信？」

我道：「我深信你已經知我來見你，絕沒有惡意，只不個是想弄清楚一些疑問而已，你可知道，我如果不用這個法子，可能一年半載，也難以見得到你？而你如果將我殺了，在法律上固然一點責任也沒有，但是在良心上，你能安寧麼？」

井上次雄半晌不語，道：「看來你不是普通的歹徒。」

我立即道：「我根本不是歹徒！」

井上次雄道：「好，你轉過身來。」

我不明白他叫我轉過身來，是什麼意思，但也只得依命而為，我一轉過身來時，他便擺了擺手，在那一瞬間，我不禁啼笑皆非。

原來，井上次雄手中所握的，並不是手槍，而是一隻煙斗！剛才，我竟是被一隻煙斗制服了，這實在令我啼笑皆非的事。

井上次雄看到我定住了不動，他又得意地大笑了起來。我放下了手，道：「井上先生，雖然是戲劇性的失敗，但這可以說是我一生中唯一的失敗。」

當然，我一生中失敗的事極多，絕對不止這一件。但是我這種說法，卻送了一頂「高帽子」給井上次雄，使得他覺得驕傲。

果然，井上次雄又得意地笑了起來，道：「你是什麼人？」

在這樣的情形下，我實是沒有再隱瞞身分的必要，我一伸手，拉下了蒙在面上的面具，道：「我叫衛斯理，是中國人。」

我想不到自己居然是「名頭響亮」的人物，我那句話才一出口，井上次雄的手一震，手中的煙斗，竟落到了地上，他「啊」地一聲，道：「衛斯理！如果早知是你的話，我一定不敢對你玩這個把戲了！」

我笑了一笑，道：「為什麼？」

他攤了一攤手，道：「不為什麼，但是我很知道你的一些事蹟，怎敢班門弄斧？」

這時，我已看出井上次雄成功的原因了，他的成功，不但是由家族的餘蔭，更由於他本身為人的成功。我伸出手去，他和我握了一握，我立即又道：「對於剛才的事，我願意道歉。」

井上次雄道：「不必了，你是為『天外來物』而來，這對我們井上家的興旺之謎，或者大有幫助，可是你怎會對這件事有興趣的？」

我道：「這件事，說來話長了，如果你有興趣的話，那可以原原本本地講給你聽，但是請你首先命人，去釋放你的司機，我也願向他道歉。」

井上次雄呵呵笑着，按鈴命人進來，去放開那司機，又令人煮上兩杯咖啡，在他的書房中，我便將事情的始末，詳細地向他講了出來。

這時，我自然也取出了方天的日記簿，和照片上「天外來物」上的文字對照了一下，果然，那兩種奇形扭曲的文字，顯然是同一範疇的。

井上次雄聽我講完，站了起來，不住地踱步，道：「佐佐木博士被暗殺的新聞，已轟動全國了，本來，佐佐木博士和井上家族是可以聯姻的，但是我們卻獲知他的女兒，行為十分不檢。」

我為季子辯護，道：「她不是行為不檢，而是她愛方天！」

井上次雄「哼」地一聲，忽然間緊鎖雙眉，想了片刻，道：「你可曾想到這一點麼？」

我不禁摸着頭腦，道：「哪一點？」

井上次雄又想了片刻，才道：「我們家中祖傳的東西，是『天外來物』，我覺得方天似乎就是遺囑上的『天外來人』！」

我不禁笑了起來，道：「那麼，你說方天已經有一百八十多歲了？」

井上次雄也不禁笑了起來，可是，在井上次雄笑的時候，我又覺得井上次雄的話，不是全無道理的！井上次雄在聽了我的敘述之後，認為方天就是他祖先遺囑上的「天外來人」，當然不是全無根據的。

他所根據的，就是方天的那本日記簿中，有着和確在「天外來物」上相同的文字。

然而，就是這一點，卻也不能證明方天就是「天外來人」。

而且，井上四郎的遺囑，到如今已有將近兩百年了，這不是太不可思議了一些麼？

所以，我和井上次雄大家，對於這個揣測，都一笑置之，沒有再深究下去。井上次雄道：「你下一步準備怎麼樣？」

我苦笑了一下，道：「月神會誤會我是會飛的人，某國大使館又認為我是欺騙了他們，看來，我是走投無路的了。」

井上次雄向我打氣，道：「你會走投無路？絕對不會的！」

我道：「如今，我想去見一見那家精密儀器工廠的總工程師。」

井上次雄笑了起來，道：「怎麼，你也以為那天外來物，可能是一具精密儀器麼？」

我聳了聳肩道：「到目前為止，我還只是在照片上見過那物事，難以下斷論，我想聽一聽他的意見。」

井上次雄道：「那也好，我先和他聯絡一下，說有人要去見他，他對這件東西，也有着異常的興趣，我相信他一定會向你詳細談一談的。」

他拿起了電話，撥通了號碼，和那位工程師交談着。我則在軟綿綿的地氈上踱來踱去。半小時之前，這間華美的書房中，劍拔弩張，氣氛何等緊張！但如今，卻一點也沒有這種感覺，我自己也不禁好笑，想不到會由這種方式，而認識了日本第一富翁，井上次雄。

沒有多久，井上次雄便放下了電話，道：「我已經替你約好了，今天晚上十點鐘，在他的家中，我派車送你到東京去可好？」

我笑道：「不必了，你的司機，不將我棄在荒郊上洩恨才怪，剛才我在你的車房中，看到一輛摩托車，能借我一用就十分感謝了。」

井上次雄道：「當然可以，當然可以。」

我向他伸出手來，道：「那麼，我告辭了！」

井上次雄和我緊緊地握了握手，忽然之間，他道：「還有一件事，我經過考慮，還是和你說的好，但是卻要請你嚴守秘密。」

井上次雄在說那兩句話的時候，神色十分嚴肅。我不禁愕然，道：「你只管說好了。」

井上次雄壓低了聲音，在這裏，顯然是不怕有人偷聽的，但井上次雄卻壓低了聲音，那自然說明了他要說的話，對他來講，十分重要之故。

只聽得他道：「剛才，你說起你和月神會的接觸，我實有必要告訴你一個外人所不知道的秘密，那便是月神會和井上家族，有着十分奇怪的關係。」

我一聽了井上次雄的話，也不禁聳然動容。

井上家族中的人物，不是顯貴，便是豪富，實是難以想像，何以會和月神會這樣惡行多端的邪教，有着聯繫！

我並不出言，井上次雄又道：「在月神會的三個長老之中，有一個是姓井上的，這個井上，和我們是十分近的近支。」

我遲疑道：「我仍不明白你的話。」

井上次雄道：「事情要上溯到遠親，我的直系祖先，是井上四郎，但井上四郎有一個弟弟五郎，卻是月神會的最早創立人之一，他的後裔，一直在月神會中，居於領導地位。」

事情乍一聽像是十分複雜，但仔細一想，卻十分簡單。

井上四郎和井上五郎兩兄弟，哥哥發了財，他的後代，便是至今人人皆知的井上家族，但弟弟走的是另一條路，創立了月神會，他的子孫便世代為月神會的長老，這並沒有什麼值得奇怪之處。

井上次雄的態度之所以那麼秘密，當然是因為月神會的名聲太壞，這個秘密，如果公開了的話，那麼，對於井上家族的聲譽，自然有所損害。

我一面想着，一面點着頭，表示已經明白了井上次雄的意思。

可是，我的心中，又立即生出了一個疑問來：井上次雄對我講這番話，是什麼意思呢？他為什麼要將兩支井上家族之間的關係對我説呢？

我抬起頭來，正想向井上次雄發問。

但我才一抬起頭來，我便明白了。

月神會的信徒，傳誦着月神會創立人的話，說是因為他們看到有人從月亮上下來，所以才深信人在月亮上生活的話，將更其幸福，更其美滿，是以才創立月神會的。我們假定「看到有人從月亮來」一事是真的，那麼，「看到有人從月亮來」的人中，便有井上五郎在內。

然而，無獨有偶，井上四郎的遺囑中，也有「天外來人」之語！

我和井上次雄兩人互望着，誰也不説話，顯然我們兩人的心中，都為一個同樣荒謬和不可思議的念頭盤踞着。因為看來，似乎在井上四郎和井上五郎活着的時代中，真的有人從天外來過！

當然，我和井上次雄，都無法相信那是事實。那是因為事情太離奇了，離奇到了超越了我們的想像力之外的地步！

我向井上次雄苦笑了一下，道：「我明白你的意思了。這件事，我只要一有了眉目，就會向你報告結果的。」

井上次雄也不再多説什麼，只是道：「認識了你，我很高興，我還有點事待辦，不送你了。」

他陪我出了書房門，令那個對我怒目而視的司機，陪我到車房去。我騎上了那輛性能極佳的摩托車，開足了馬力，風馳電掣而去。

等我回到東京，已經是萬家燈火了。

我看了看時間，離我和那位總工程師約會的時間，還有一個小時。我先打電話到醫院去，設法和納爾遜先生聯絡。

可是醫院方面的回答卻說，納爾遜先生已經出院了，去處不明。我又和東京警方聯絡，但警方卻推說根本不知道有這個人。

當然，納爾遜的身分是異常秘密的，警方不可能隨便在電話中向別人透露他的行蹤。我決定等和那工程師會面之後，再設法和他聯絡。

我騎着車，到了那家工廠附近，在一家小飯店中，先吃了一個飽。

在我到了東京之後，我便恢復了警惕，但到目前為止，還未曾發現有人跟蹤我。

我感到這這幾天來，固然我每一刻都在十分緊張之中度過，那種滋味並不十分好受，但是當我想到，在跟蹤我的人中，有國際上第一流的特務，和勢力範圍如此之廣的月神會，而我竟然能夠擺脫他們，我便感到十分自豪了，那種心情，絕不是過慣了平淡生活的人，所能領略得到的。

我在那家小飯店中吃飽了肚子，走了出來，步行到了那家工廠之前，那家工廠是日夜開工的，燈火通明，我在廠門口的傳達室中，一道明了來意，就有人很客氣地來陪我進廠去了。那自然是總工程師早已吩咐過了的緣故。

那工廠是鑄造精密儀器的，是以絕聽不到機器的轟隆之聲。

第十三部

科學權威的見解

而且，整個地看來，那也不像是一家工廠，路是平坦而潔淨的柏油路，路旁植滿了鮮花，倒像是一家醫院一樣。我跟着那引路的人，走到了工廠辦公大樓的門前，在踏上石級，推開玻璃門的時候，那人突然問我：「你就是衛斯理先生麼？」

我正想隨口答應他，我是衛斯理，但是我的驚覺性，卻立即提醒了我，不可以隨便出聲。

同時，我的心中，也感到了十分奇怪。

因為，我記得十分清楚，當井上次雄和工程師聯絡之際，並沒有講出要來看他的是什麼人，更不曾道及過我的名字。

而剛才，在傳達室中，我也只不過說要來見總工程師而已，也未曾道出自己的姓名。這人的口中，何以說出「衛斯理」三個字來？

那人推開了玻璃門，我跟在他的後面，走了進去，那人並不轉過身來，只是道：「我是駐這工廠的保安人員，由於這裏生產一些十分精密儀器的緣故，所以有保安人員之設，在你之前，納爾遜先生已經來過了，他料定你不久就會來的。」

那人說出了納爾遜先生的名字，卻是令我不能不信他了。我「唔」地一聲，既不肯定，也不否定。他仍然不回過頭來，在前面走着，跨進了電梯，我也跟了進去，道：「納爾遜先生在什麼地方？」

那人笑道：「他麼？到了他最想去的地方去了。」

我心中陡地起疑：「你這是什麼意思？」

那人道：「我只是隨便說說而已，事實上，我根本不知道他到了什麼地方。」

我心中暗暗責怪納爾遜，不應該隨便向一個工廠的保安人員，講上那麼多不必要的話。可是我隨即發覺那人的話，十分可疑。

納爾遜先生是一個精細能幹，遠在我之上的人。連我都認為是不應該做的事，他怎麼會做？我對那人陡地起了疑心，然而我又想不出什麼法子去盤詰他。而正在我動着腦筋的時候，電梯停了，那人已經跨出了電梯，在走廊的一扇門前，停了下來，敲了兩下，道：「木村先生，你的客人來了。」

裏面傳來一個雄壯的聲音，道：「請進來。」

那人一側身，讓我去推門進去。

在傳達室中的時候，我因為未對此人起疑，自然也未曾注意他，在我對他起疑之後，他又一直背對着我，直到這時，我才迅速地轉過頭去，向他看上一眼。

那人的面上，戴着一張極其精細的面具！而如果不是我自己也有這樣的面具的話，我是絕對看不出這一點來的！

在那一瞬間，我心頭怦地一跳，雖然我不知道究竟發生了什麼事，但是我卻可以知道，事情大是不對頭了，我沉聲道：「你不進去麼？」

那人已轉過身去，道：「我不——」

他一句話未曾講完，我已經以迅雷不及掩耳的手法，將他的後頸揑住，他一仰首，我左手又加在他的前頸之上，令得他出不了聲。

那人瞪大了眼看着我，喉間發出「咯咯」的聲響。這時，我仍不知道究竟是發生了什麼變故，我只是知道要迅速地解決這個人。

我用膝蓋在那人的後腰上一頂，手在那人的後腦上一敲，那人便軟了下來。

我在他的上衣袋中，摸出了一柄套有滅聲器的手槍，俯身在鎖匙孔中，向房內張望了一下。

一看之下，我不禁暗叫了一聲「好險！」

我輕輕地扶起了那已被我打昏了過去的人，伸手去旋轉門柄。

剛才，我在鎖匙孔中張望了一下，由於鎖匙孔小，我不可能看到整間房間中的情形，但我所看到的，已經夠了。我看到一個滿面怒容的中年人，被人以手槍指在椅子上不准他動彈。

持手槍的是什麼人我看不到，但是我卻認出那滿面怒容的人，是日本有名的科學家木村信。原來他就是這家精密儀器製造廠的總工程師。

我轉動了門柄，推開了門。

當我將門推開了一尺光景的時候，我猛地將那已昏了過去的人一推，那人的身子，向前直跌了出去，看來就像是有一個人疾撲進了房間一樣。

那人才一被我推進去，我便聽到了「撲」地一聲，那是裝有滅聲器手槍發射的聲音，而藉着那扇門的掩護，也已看清了屋內，共有三個人，都是持有武器的，我即連發三槍。

絕不是我在自己稱讚自己，那三槍，當真是「帥」到了極點！

隨着「撲撲撲」三聲響，便是「拍拍拍」三聲。

前三聲自然是我所發的槍聲，那三槍，各射在那三個持槍的人的右小臂上，他們在右小臂血流如注之際，自然五指一移，後三下，便是他們手槍落地聲音，直到最後，才是「蓬」地一聲響，那個被我推進去的人，跌倒在地。

那人本來只不過是被我打昏而已，但如今，他卻被他的同伴，射了一槍，死於非命了。

木村信立即站起來，我一揚手中的槍，向那三個人道：「後退，站到牆角去！」

那三個人面色煞白，望着我手中的手槍，其中一個，似乎還想以左手去拾落在地上的手槍，但是我的槍嘴向前略伸了一伸，他便立即放棄了那意圖。

他們三人一齊退到了牆角，木村信已抓起了電話，道：「你是新來的保安人員麼？是你報警，還是我來？」

我連忙走過去，將他手上的話筒，奪了下來，道：「不必忙於報警。」

木村信以十分訝異的目光望着我，我笑道：「我不是工廠的保安人員，我是你的客人。」

木村信「啊」地一聲，道：「你就是井上先生電話中所說的那人。」

我道：「不錯，我就是那人，這四個人來了多久了？」

木村信恨恨道：「他們制住我已有半小時之久了，他們說要等一個叫衛斯理的人，誰知道那衛斯理是一個什麼樣的傢伙。」

我臉上保持着微笑，道：「那衛斯理不是什麼傢伙，就是我。」

木村信「啊」地一聲，面上的神色，尷尬到了極點。我向那三人道：「你們是哪一方面的人？」

那三人沒有一個人開口。

我冷笑一聲道：「好，那我就通知警方了。」

那三人中一個忙道：「衛斯理，我們之間的事，還是私下了結的好。」

我將手放在電話上，道：「好，但是我要知道你們是哪一方面的人馬，你們是怎樣知道我會到這裏來的。」

那人道：「你一落到月神會的手中，我們就知道了，你離開井上次雄家後，我們的人，便一直跟在你的背後，如果不是上峰命令，要將你活捉回去的話，你早已死了多次了。」

我一聽得那人這樣説法，心中不禁生出了一股寒意來，剛才我在小飯館吃飯之際，還在慶欣已擺脱了各方面的追蹤，怎知人家先我一着，已在等我了，若不是我還算機靈的話，這時當然又已落入他們的手中了！

我勉強笑了笑，道：「那多謝你們手下留情了，你們可是要向我追回那隻箱子麼？」

我已經斷定了他們是某國大使館僱用的特務，所以才直截了當地如此説法的。那三人面上神色一變，仍由那人回答我，道：「是。」

我歎了一口氣，道：「你們神通如此廣大，應該知道那隻箱子，現在在什麼地方的！」

那人道：「我們只知奉命行事，不知其他。」

我道：「好，我可以放你們回去，你們見到了上峰，不妨轉告他，我如今，也正在努力找尋那隻箱子的下落，不論是他將我活捉，還是將我暗殺，都是一點好處也沒有的事情。」

那人道：「我們一定照說。」

我向地上那死人指了指，道：「你們能夠將他帶出工廠去，而不被人發覺麼？」

那人連忙道：「能！能！」

我一揮手，道：「槍留在這裏，你們走吧。」

那三人顯然地鬆了一大口氣，其中一個，扶起了死者，我仍然嚴密地監視着他們，直到他們出了房門，進了升降機。

至於他們三個人，用什麼法子掩飾他們受了傷的手臂，和如何不讓人發現那個死人，這不關我的事，他們既然是特務，自然會有辦法的。

我轉過身來，木村信似乎十分不滿意，道：「為什麼不通知警方？」

我道：「木村先生，事情和國際糾紛有關，通知警方，會使日本政府為難的。」

木村信「噢」地一聲，道：「究竟是為了什麼？」

我道：「事情十分複雜，但是歸根結柢，都是為了井上家族的那個『天外來物』。」

木村信望了我半晌，道：「我和井上先生的交情十分好，他在電話中告訴我，我可以完全相信你。」

我點頭道：「可以這樣說。」

木村信來回踱了幾步，從他的神情上來看，他心中像是有什麼重要的隱秘，想對我說，而又不對我說的模樣。他踱了好一會，才道：「你想知道什麼？」

我可以肯定，這句話一定不是他真正想對我說的話。他真正想對我說的話，還未曾說出來。這是可以從他的神色中看出來的。

我當時，自然不知道他的心中有什麼隱秘，便道：「我想知道，那『天外來物』究竟是什麼東西？」

木村信道：「你為什麼要知道？」

我將納爾遜給我的身分證明，取了出來，讓木村信過目，道：「我是受了國際警方的委託，不但要弄明白那是什麼，而且要將已失去的那『天外來物』找回來。」

木村信聽了我最後的一句話，面色突然一變，雙手也不由自主地震了一震。那一震，使得他將我交給他的證件，也跌到了地上。他一面連聲「對不起」，一面將我的證件拾了起來，交還給我。

在那片刻之間，我的心中，起了極大的疑惑！為什麼木村信一聽到我說，國際警方要找回失去的「天外來物」，便這樣吃驚呢？

當然，要我立即回答出來，是不可能的事。

我假裝絕未發現他的神態有異，續道：「原因是一個秘密，請你原諒，因為井上先生說起你對天外來物的特殊意見，所以我才來向你作更進一步的了解，要請你合作。」

木村信仰頭想了片刻，道：「嚴格地說，那『天外來物』究竟是什麼，我也還不知道。但是經過我多方面的試驗——」

我聽到了這裏，立即打斷了他的話頭，複述他的話，道：「多方面的試驗？」

木村信「噢」地一聲，道：「是……是……在未曾裝入箱子之際，我曾經研究了很久。」

我覺得木村信的態度，仍有可疑之處，但我仍隱忍着不出聲。只是問道：「那麼，你初步的結論，那是什麼東西呢？」

木村信道：「我已經向井上先生説過了，那是一座十分精密的導向儀，是應用於太空飛行方面的，至於如何用法，我也不知道，我承認自己的知識太貧乏。」

我側着頭望着他，那件「天外來物」，從照片上看來，也的確像是一座精密的儀器，但是，它卻已存在近二百年之久了，那怎麼可能？

我問道：「木村先生，你難道沒有留意到『天外來物』在井上家族傳下來，已有一百八十年之久的這個事實麼？」

木村信大聲道：「當然我知道。」

我又道：「那麼，你是説，在一百八十年之前，已經有這樣的科學水準，去製造這樣的精密儀器，並應用於太空航行方面？」

木村信道：「當然不能，不要說一百八十年，便是如今，也是不能。」

我愈來愈聽不懂他的話了，道：「你這是什麼意思？」

木村信霍地站了起來：「地球上的高級生物不能造這樣的精密儀器，難道別的星球上的高級生物，也不能夠麼？」

我一聽得木村信這樣說法，聳然動容，也不禁站了起來：「木村先生，你是說——」我本來是不想講到一半便停住的。

可是如果我向下講去，那一定是「你是說那東西是從別的星球來的麼」，這樣的話，實在是太荒唐和不可思議了，所以我才突然住口的。

木村信卻毫不猶豫地接上了口，道：「是的，我是說，這東西根本不是地球人所造的，它來自別的星球，是別的星球人科學的結晶。」

我呆了半晌，講不出話來。

聽到了一個權威科學家，工程師，發出了這樣驚人的結論，我還有什麼話可以說呢？當然我不能驟而相信他這個驚人的結論的。

好一會，我才道：「你深信如此麼？」

木村信道：「我不得不信。」

我道：「這又是什麼意思？」

木村信道：「我曾經以高速切削刀，將『天外來物』上的金屬，切下一點來，那種金屬，地球上是沒有的──或者是有而未曾為人類所發現的。」

我吸了一口氣，道：「真是有這個可能麼？別的星球上的人，真的到過地球麼？」

木村信道：「是有可能的，『天外來物』是一個證明。還有，長岡博士的故事，你可知道？」

我搖了搖頭，道：「不知道，長岡博士是什麼人？」

木村信道：「長岡博士是日本傑出的物理科學家、化學家，他在一九二四年十月，作了一個成功的試驗──」

他才講到這裏，我便笑起來了。我在學校中所學過的東西，究竟未曾完全還給書本，我道：「這個試驗十分有名，長岡博士發現水銀的原子中，有着和黃金的原子相同的地方，於是，他便利用高壓電，使水銀的原子分裂，而令得水銀變成了金，可是麼？」

木村信點頭道：「不錯，這個試驗，是世界科學界公認的重大成功，他證明了金屬在某一種場合之下，是可以轉變的，你要知道，今日科學能有這樣的成就，有一些完全是基於這個原理而來的！」

我道：「自然，我絕沒有要推翻長岡博士實驗的重大意義，但是我記得我們剛才的話題，是別的星球的人，曾經到過地球——」

我有禮貌地提醒他，但是我心中卻暗暗好笑，心想木村信一定是難以自圓其說，所以才岔開話題了。

怎知木村信卻一本正經，道：「不錯，我仍未離開話題。你可知道，長岡博士為什麼會集中力量去研究，而想到改變分子排列而使水銀變成金麼？」

我尷尬地笑了一笑，道：「那誰知道。」

木村信的身子，向我俯了過來，道：「長岡博士的最初動機，只是好奇。他奇怪為什麼在古羅馬，在中國，不論中西，所有的煉丹家，都以水銀——汞作為煉金術的原料，而孜孜不倦地研究着，雖然一無結果，卻仍是堅信不移。」

我是對一切不可解釋的事情，卻有着極其濃烈的興趣的人。

木村信在才一提起長岡博士的時候，我幾乎忍不住要打呵欠。

但如今，我在心中自己問自己：為什麼古代不論中外研究煉金術的人，總是將水銀和黃金聯繫在一起，頑固地相信水銀可以變成黃金呢？

在水銀和黃金之間，是沒有任何聯繫的，這是兩種色澤、形狀，完全不同的金屬。

我瞪了眼睛，望着木村信。

木村信續道：「當時，長岡博士覺得奇怪，他知道其中一定是有原因的，於是，他也集中力量，來研究水銀，終於發現了水銀和黃金的原子成分相同之處，而使他的實驗成功了。」

木村信講到這裏，又向我望了一眼，發現我正在用心地聽他講話，他滿意地點了點頭，續道：「他的實驗成功，古代煉金家的想法，也被證明是正確的，但是，他最初懷疑的謎，仍未曾得到解答，那就是：為什麼古代的人，會將水銀和黃金聯繫在一起，因為在一九二四年之前，絕沒有人發現兩者原子有相同之處，和水銀原子中含有金成分這一點——」他重重地將拳頭敲在桌上，道：「而且，以古代的科學水平而論，也絕不可能發現這一點的，但是中國和羅馬的煉金家，都頑固地相信水銀能變成黃金！」

他結束了講話，又望定了我。

我深深地吸了一口氣，道：「你的解釋怎麼樣呢？木村信先生。」

木村信道：「不是我的解釋，是先父的見解。先父是長岡博士的摯友。他說，一定在古時，有別的星球的人到過地球。羅馬和中國，那時文化最發達的國家，但別的星球的科學更是發達無比，他們早已知道了用一種十分簡單的辦法，可以使水銀和別的物質，變成黃金，並且試驗過給地球上的人看，所以地球上的人，便頑固地記住這一點！」

木村信的話，是充滿了想像力的。

同時，他的話，也充滿了說服力。

我不由主地跟着他道：「所以，地球人也想從這個方法生產黃金，但是由於科學家水平的關係，便一直沒有法子成功。」

木村信道：「是的，直到長岡博士，才第一次得到了成功。」

我道：「那麼——」

我只講了兩個字，便停了下來，我竭力使我的頭腦保持冷靜，因為我發現我已被木村信的話，引進了一個狂熱的境地之中去了。

木村信顯然已看出了我的心意，他吸了一口氣，道：「你不相信麼？我不要你相信，我只問你，是不是有這個可能？」

我由衷地點了點頭，道：「當然是有這個可能的。」

木村信道：「那就好了，我們可以繼續談下去。」

我道：「我有幾個問題，不知是不是可以請你進一步地解釋一下？」

木村信道：「我還不是這方面研究的專家，但是我可以盡我所能來告訴你。」

我道：「別的星球人，為什麼來了地球一次，便不來了呢？」

木村信想了一想，道：「這有三個可能。其一、並不是不來了，而是我們不知道；第二、來而未能到達，太空船就失事了。如今，已有愈來愈多的科學家，相信十九世紀西伯利亞通古斯上空莫名其妙的大爆炸，是別的星球的太空船失事的結果！」

我點了點頭，木村信續道：「還有第三點，我們不知道傳授煉金術的那個星球人，是來自什麼星球的，可能他來自極遠極遠的星球，此刻，還在歸程中！」

我笑了起來，道：「他有那麼長命麼？」

木村信以奇怪的眼光望着我，道：「我不信你對『相對論』的最顯淺常識也不知道，在高速不斷的運行中，時間幾乎是不存在的！」

我默然不語。

木村信又道：「而且，別的星球上的人，時間觀念，也和我們絕不一樣。我們生活在地球上，以地球繞日一周為一年。我們的生命有六十年。別的星球的人，也可能以他們的星球繞日一周為一年，他們的生命也有六十年，但其中差別卻大了，你知道麼？」

我表示不懂，因為問題似乎越來越多了。

木村信道：「你不懂？海王星繞日一周的時間，是地球繞日一周的一百六十五倍，那麼，同是六十年，海王星的人實際壽命，也比地球人長了一百六十五倍！」

木村信的話，聽來十分駭人聽聞，但是想來卻也不無道理。

我呆了半晌，木村信又道：「由於遺傳的影響，別的星球上的人，如果生活在地球上的話，他們的壽命，也是以他們原來星球上的時間為準的。衛先生，我懷疑你們中國傳說中，活了八百歲的彭祖，和吃過數次三千年一熟桃子的東方朔，都是自別的星球來的！」

木村信的話，愈來愈荒誕了，我正想大笑而起之際，卻陡然想起一件事來，心口猶如被人重重地撞擊了一下一樣。

在那一剎間，我想起了方天來！

從方天身上的日記簿，和「天外來物」上的文字相對照，肯定方天和「天外來物」有着聯繫。井上次雄，曾說及方天就是「天外來人」，但因為年齡的問題不能解決，而井上次雄在講這話時，卻是當作開玩笑來說的。

但是木村信的話，卻使我大為震驚。

木村信說，其他星球來的人，其生命的時間，必以其他的星球為準，如果也來自海王星，那麼就可以比地球上的人，長命一六五倍，那是因為海王星繞日的時間，長過地球一六十五倍之故。

木村信的話，自然只是一種假設。

他的假設，是沒法子證明的，因為誰也未曾將一個來自其他星球的人，來作這個試驗。但是他的話，卻也不能完全視着是荒謬無際的話，這個可能性是存在的。

那麼，方天真的可能是「天外來人」了！

只要方天不是來自水星和金星，他的生命，便可以比地球人長許多，長的數字，是倍數，而不是延長幾年，如果他是來自海王星的話，那麼，地球上過了一百六十五年，在他來說，只不過過了一年而已！霎時之間，我發現木村信的假設，似乎可以解盡我心中有關方天的疑心。

我和方天分手了多年，他的樣子，一點也沒有變過；方天的血液是藍色的——這是地球人所絕不可能的事情；方天有着超人的腦電波，甚至可以令人生出自殺的念頭；方天有一種小巧的、可在一秒鐘內置人於死的怪武器；方天在科學方面的知識，使得最優秀的科學家，也瞠目結舌……

方天的怪事，實在太多了，多而且沒有一樣是可以以常理解釋的。

但是，當明白了他是來自另外一個星球，根本不是地球上的人之際，一切的疑問，不是都迎刃而解了麼？

本來，我只當木村信是一個想像力十分豐富的人，對他所講的話，我根本不打算作任何反駁。

但是，當我一想到了方天這個人的時候，我幾乎肯定木村信的推論是正確的了。

我坐在椅上，好一會講不出話來，只覺得臉頰發熱，身子熱烘烘地，腦中亂成一片，不知道在想些什麼。人以地球為中心，已有許多許多代了，陡然之間，知道了在別的星球上的人看來，我們地球上的人實在比畜牲聰明不了多少之際，那種感覺，實在不是文字所能夠形容得出來的。我呆了多久，連我自己也不知道。

（＊一九八六年按：這是衛斯理故事中，衛斯理第一次遇到外星人，所以反應十分驚異，以後，見得多了，倒也見怪不怪之感了。）

木村信也和我一樣，保持着靜止的姿勢。他自己對於自己的推斷，自然是深信不疑的，他的感覺，自然也和我相同。

好一會，我才站了起來：「木村先生，多謝你的幫助。」

木村笑了一笑：「那不算什麼。」

我本來想將有關方天的一切，講給木村信聽的，但是我立即想起，這樣的事，還是少一些人知道的好。所以我改口道：「木村先生，可惜井上氏固執地要將那天外來物，埋到地中去，不肯給你們進一步的研究，要不然，你一定可以有更新的發現了。」

第十四部

某國大使親自出馬

在我講這幾句話的時候，我心中又不禁起疑。

因為木村信一直是望着我的，然而一聽到我提起了那「天外來物」，他卻又轉過了身子，不和我正面相對，而且，面上的神色，也十分難以形容，就像上兩次我提到「天外來物」之時一樣！

我心中又動了一動，但是我仍然不知道那是什麼原因。

我站起身來，道：「我可能還要來請教的。」

木村信恢復了常態：「歡迎，歡迎。」

他送了我出來，我心中暗忖，頗有通知東京警局，注意木村信安全的必要。我不用升降機下樓，而由樓梯走了下去。

不一會，我便出了工廠的大門，回頭望去，工廠辦公大樓木村信的辦公室，燈光仍亮着，想起木村信剛才的話，我又有身在夢中之感！

我低頭向前緩緩地走着，心想事情已有了完全意料之外的發展，我應該向納爾遜先生聯絡才是。我加快了腳步。

但是走不多遠，我已經覺出有人迅速地接近了我。

我立即轉過身來，那人已站在我的面前，就着街燈，向那人一望，我也不禁一呆，那人竟是某國大使館本人！那着實是使我吃驚不已的事情。

要知道，在東京，某國大使是一位十分重要的人物，因為他代表着一個大國，甚至可以説代表着一個龐大的集團。

這樣一個重要的人物，如今竟在夜晚的街頭，跟在我的後面，事情的嚴重，實是可想而知！

所以，當我一看清楚站在我面前的，竟是某國大使本人之後，足足有一分鐘之久，我一點聲音也發不出來。大使的面上，帶着一個十分殘忍的笑容，像是我是他的獵物一樣，一眨也不眨地望着我。

我好不容易，才勉強地浮上了一個笑容。

我一見某國大使，便已料到，連大使也親自出馬了，那麼，包圍在工廠之外的特務，只怕足夠對付一大群人，如今，他們的目標只有我一個人，自然是綽有餘力的了。我並沒有打算反抗。

果然，就在我發呆的那一分鐘內，四面八方，都有腳步聲傳了過來。

我四面看去，只見有的勾肩搭背，像是下了班喝醉了的工人。有的歪戴帽子，叼着香煙，擺出一副浪人的姿態。

那些人，有的離我遠，有的離我近，但顯然全是為了對付我而來的。我心中不禁十分後悔，後悔在木村信的辦公室中，輕易地放走了那兩個特務，如今這些人來到此處，當然是由於那兩個人的報告了。

我審度着四周圍的形勢，迅速地轉着念頭，我立刻得出一個結論，我要脱出重圍的話，必須將某國大使本人制住。

我立即伸出手去，但我的手才伸到一半，便僵住了不能再動彈了。因為，大使也在這時，揚起了手來，他手中，握着一柄烏油錚亮的手槍。那種小手槍的射程不會太遠，但如今他和我之間的距離來説，已足可以取我的性命了。

我不由自主地舉起手來。

大使沉聲喝道：「放下手來，你想故意引人注意麼？」

我竭力保持鎮定，道：「大使先生，你想要作什麼？」

我在「大使先生」這一個稱呼上，特別加重語氣，那是在提醒他，如果被人知道了如今的事，那麼對他的地位，將是一項重大的打擊。

大使咬牙切齒，將聲音壓得十分低，道：「我要親自來執行你的死刑！」

我聽了這話，身子不由得一震。

尚未及等我想出任何應變之法，大使已經喝道：「走！」

我吸了一口氣，道：「到什麼地方去？」

大使厲聲道：「走！」

我沒有別的辦法可想，只好向前走去，不一會，就有一輛大搬運卡車，駛到了我和大使的身邊，停了下來。大使繼續命令，道：「上車去。」

我連忙道：「如果你是為了那隻金屬箱子的話——」

可是不等我講完，大使又已喝道：「上車去！」

我知道事情十分嚴重。他們叫我上車，自然是等到將我載到了荒僻的地方之後，將我一槍打死。他們可能將我身上的衣服，全部剝去，可能以子彈將我的頭部，射至稀爛，使得沒有一個人，認得出我來。這樣的案子，當然是永遠沒有法子破案的了。

我心中急速地轉念着念頭，跨上了卡車的車廂，掀開了帆布，我便發現那車廂是經過改裝的。外面看來，那只是一輛殘舊的搬運貨車，車廂了覆着發白的帆布。但是一掀開帆布，我發現了一度鋼門。

而且那度鋼門，立即自動打了開來，從裏面傳來一聲斷喝，道：「將手放在頭上，走進來。」

單憑那句話，是不能使我服從的，但隨着那句話，有一根套着滅音器的槍嘴，幾乎伸到我的鼻端，使我不能不聽他的話。

我跨進了車廂，車廂之中一片漆黑，什麼也看不到，我只覺得腳踏下去，十分柔軟，像是鋪着十分厚的地氈一樣。那聲音又道：「站着別動。」

我才一站定，只覺得後心有人摸了一把，緊接着，前心也被一隻手碰了一下。我正不知是什麼用意間，突然看到我的胸前，亮起了一片青光，那一定是剛才，有人在我的前後心，抹上了燐粉之故。

在我前後心都有着發光的燐粉，但是燐粉所發出的光芒，卻又絕不能使我看清車廂中其他的情形，我感到我的心，劇烈地跳動起來。

就在這時，我聽得大使的笑聲，如同夜梟一樣響了起來，道：「聰明能幹，無所不能的衛斯理先生，你可以坐下來。」

我又驚又怒，道：「椅子在哪裏？」

大使沉聲道：「着燈。」

他兩個字才一出口，車廂之中，大放光明，但是只不過半秒鐘的時間，燈火重又熄滅，眼前又是一片漆黑，只是我胸前的青光，卻更明亮了一些，那是因為燐粉在剛才吸收了光線之故。

剛才，燈光亮得時間雖短，但是我已可以看到車廂中的情形了。整個車廂，像是一間小房間，有桌有椅，在我的身旁有就有一張椅子。

當然，車廂中不止是我和大使兩人，另外還有四個人，都持着槍，望着我。

我頹然地在身旁的椅子上坐了下來，道：「我可以抽一支煙麼？」

大使的聲音，冷酷無情，道：「不能，你不但不能吸煙，而且不能有任何動作。剛才你已經看清楚四周的情形了！」

這時，我感到車身在震動，顯然卡車已經在開動了，至於開到什麼地方，我自然不知道。

我默不作聲，大使續道：「有四個可以參加世界射擊比賽的神槍手監視着你，衛先生，你完全看不見他們，他們也看不見你，但是他們的眼前，有着兩個目標，那便是你胸前背後的燐光。」

他講到這裏，又桀桀怪笑起來，道：「所以，你試圖反抗吧，我敢和你打賭，四顆子彈，絕不會射在燐粉所塗的範圍之外的！」

這的確是我以前所未曾遇到過的情形。

被人以手槍甚或至於手提機槍對住，這對我來說，絕不是陌生的事了。但是，像如今這樣的情形，卻還是第一次。

在完全的黑暗之中，我的前後心卻有着光亮，這是最好的靶子，即使是一個極拙劣的槍手，也可以以輕而易舉地射中我的。

而在我的眼前，則是一片漆黑，敵人在什麼地方，是靜止不動，還是正在移動，如今離我有多遠，我一點也不知道。

我就像是一個瞎子一樣，完全喪失了戰鬥的能力！

我發覺自己的聲音發澀，道：「我的處境，你不必再多加描述了。」

大使冷冷地道：「好，那麼我要問你正事了，那箱子呢？你已經交到了什麼人的手中了，我限你十秒鐘說出來。」

我急忙地道：「我已向井上次雄報告過，箱子在你們處，我一死，井上次雄自然會找你算賬的！」大使給我的十秒鐘，我只來得及說以上的幾句話。我講完之後，等待着那四槍齊發的響聲，來送我歸西。但是，卻並沒有槍聲。

我心頭不禁狂跳，我的話生效了！

我假設，在井上私人飛機場中，盜去那箱子的正是某國大使館的人員。那麼，由於井上次雄是一個在朝野間，都具有極高威信的人物，某國大使館竟然竊取井上家族的傳家之寶，這件事傳出來，一定舉國沸騰，對大使的地位，有極大的影響。

而如果我的假設不成立的話，我那兩句話，自然也起不了恐嚇的作用了。

大使的不出聲，證明我的假設不錯。我立即又道：「大使先生，為你自己着想，你還是對我客氣點好，我是存心幫助你的，只不過遭到了意外！」

大使厲聲道：「什麼意外？」

我道：「那箱子被一個不明來歷的集團搶去了，你可有線索麼？」

大使冷冷地道：「我的線索，就在你的身上！」

我突然轉變話題，疾聲問道：「你的上峰，給你幾天限期？」

大使脫口道：「十天——」他只講了兩個字，便怒道：「什麼，你在說什麼？」

我歎了一口氣，道：「大使先生，只有十天限期，你在我的身上，已經浪費掉幾天了？」

大使果然是色厲內荏，他的聲音，立即變得沮喪之極，道：「已經三天了，已經三天了！」

我笑了一下。這一下笑聲我一點也不勉強，因為形勢已經在漸漸地轉變了。

我沉聲道：「大使先生，你如何利用這剩下來的七天呢？七天之中，你實在不應該浪費每一分鐘的，而我，如果在午夜之前，不和井上次雄聯絡的話，那麼，他就要通知警方尋找我的下落，同時公布他傳家之寶失蹤的詳細經過了！」

大使的聲音在微微發顫，道：「胡説。」

我冷笑道：「信不信由你，你的命運，本來就掌握在你自己的手中！」

大使急速地道：「我怎能相信你？」

我道：「你必須相信我。」

大使道：「我已經相信過你一次了，一切麻煩，全因為相信你而生！」

我鬆了一口氣，因為大使的口氣，又已經軟了許多，我道：「對於這件事，我表示抱歉，因為那完全是意外，你因為我而遭到了麻煩，但你要祛除這些麻煩的話，還少不了要我幫忙。」

大使半晌不語，才道：「着燈。」

剎那之間，我眼前又大放光明，只見大使就坐在我的對面。

那四個持槍的人，也仍然在監視着我，燈火乍明，他們的眼睛，瞇成了一線，這是我要改變處境的一個絕佳機會。但是我卻並沒有動手。

因為我已經不必要動手了，大使面上的神色，已表示他不但不會為難我，而且還要求我的幫助！

我舒服地伸了伸腿，向那四個持槍的人一指，道：「這四位朋友手上的武器，似乎也應該收起來了？」大使無可奈何地點了點頭，揮了揮手。

那四人蹲了下來，將手中的槍挾在脅下。那顯然是他們仍然不肯完全放鬆對我的監視。

不過我也不放在心上了，因為如今我大是有利，我抽着煙，大使焦急地等待我講話，我卻好整以暇。

好一會，我才道：「大使先生，這件事，要我們雙方合作才好。」

大使以疑惑的眼光望着我。

我道：「那隻箱子，被人奪了去。但是搶奪那隻箱子的人，是哪一方面的力量，我卻不知道。」

大使皺了皺眉頭，道：「難道一點線索也沒有麼？」

我道：「有，我相信這是一個十分有勢力的集團，但不是月神會。這個集團甚至收買了國際警方的工作人員，他們行動之際，是以一輛美國製的汽車作交通工具的，他們所用的武器，是手提機槍，當他們搶奪那隻箱子之際，出動了二三十人之多。」

我一口氣講到這裏，大使緊皺着他的眉頭，仍然沒有舒展開來。

我知道大使對這件事，也是沒有頭緒。

我笑了一笑，道：「你們的特務工作做得十分好，比國際警方和日本警方要出色，我想，你應該知道，那隻箱子究竟是落到了什麼人的手中的。」

大使微微地頷首，道：「我去努力。」

我伸出了三個手指，道：「我給你三天的時間。」

大使幾乎跳了起來，叫道：「三天！東京有一千多萬人口，你只給我三天的時間！」

我聳聳肩道：「這是很公平的了。三天只要查出那是一些什麼人，是什麼樣的集團而已。你要想想，我要從人家手中奪回箱子來，也是不過三天的時間而已，那樣，你就可以在你上峰給你的限期之前，再找回那隻箱子來了！」

大使望了我半晌，道：「你有把握？」

我也回望着他，道：「只要你有把握，我就有。」

大使伸出手來，道：「我有。」

我也伸出手來，與之一握，道：「好，那我們就一言為定了。」

大使站了起來，車身顛簸，使他站立不穩，他道：「或者我又做了一次笨伯。」

我知道他這樣說法是什麼意思，他是指又相信了我一次而言的。

我笑了一笑，道：「你必須再做一次，不然，你即使調查到了箱子在何處，你也沒有人手去取它回來的，是麼？」

大使以十分尷尬的神色望着我，道：「這……也不致於。」

我笑道：「大使先生，你們在東京收買了許多人，但全是笨蛋，並沒有真正的人才在內——好了，我該下車了！」

大使伸手在鋼壁上敲了幾下，卡車立即停了下來。有兩個人為我打開了門，我一躍而下，卡車立即向前飛駛而去。

我給迎面而來的寒風一吹，打了一個寒顫，定睛看時，只見仍然在東京市區之中。我忽然想起，我忘了和大使約定再晤面的辦法。

我轉過身去，想去招呼卡車，但是我立即看到，前面的街角處，有人影一閃。

我心中不禁好笑，因為如果我要和大使聯絡的話，那太容易了，大使仍然派人在跟蹤着我，我聳了聳肩，向前走去。

某國大使館這一方面的事總算解決了，雖然是暫時的，但在這幾天中，我總可以不必提心吊膽會突然有子彈自腦後飛來了。

但是，擺在我眼前的事情，仍然實在太多了。

首先，我要和納爾遜先生聯絡，其次，我仍舊要見方天。我更要找到佐佐木季子的下落，和找出殺佐佐木博士的兇手。

我相信某國大使一定可以在三天之內，找出那隻硬金屬箱子下落何方的。那也就是說，當三天之後，除了月神會之外，我還要和另一個有組織有勢力的集團，進行鬥爭！

在卡車上，我曾經十分爽氣地答應某國大使，只要他得到了那硬金屬箱子的去向，我就可以將它找回來。但是如今我想一想，那實在一點把握也沒有！因為那隻箱子，並不是體積小，如果不是硬搶的話，是幾乎沒有法子可以取巧得到的！

我慢慢地踱着，只覺得每一件事，都困難到了極點。連和納爾遜先生聯絡這點，在我來說，也是無從着手的事情。

因為在納爾遜先生離開了醫院之後，我便和他失去了聯絡，醫院方面也不知道他去了何處。

我心中暗忖，我只有到東京警局去查詢他的下落了，普通警務人員，自然不會知道有納爾遜先生其人的，但是高級的警務人員，則可以知道他的信息的。

我決定在一間小旅館中，度過這半夜。

在東京，這一類的小旅館，是三教九流人物的好去處，也是藏污納垢的所在。我才走進門，便有三四個被白粉腐蝕了青春的女人，向我作着令人噁心的媚笑，有一個，甚至還擠上身來。

我伸手推開了她們，要了一間比較乾淨的房間，在咯吱咯吱着的牀上，倒了下來。正當我要矇矓睡去的時候，忽然有人敲起門來。

我本能地一躍而起，幸而我本來就只是打算胡亂地睡上一晚的，連衣服也沒有脫。我一躍而起之後，立即來到門旁。

我一到門旁，便伸手拉開了門，而人則一躍，躍到了門後。

門打開了，並沒有人進來。那可能是一個老手，準備在我出現之後，向我偷襲的。好在那扇門上，早就有着裂縫，走廊上也有着昏暗的燈光。我向外看去，心中幾乎笑了出來。

站在門外的，是一個警務人員，制服煌然！

我走了出來，那警務人員立即向我行了一個禮道：「是衛斯理先生麼？」

他講的是日本腔的英語。我心中十分奇怪，一時之間，也不說什麼。

他踏前一步，低聲道：「納爾遜先生正在到處找你。」

納爾遜先生正在到處找我，這是完全可能的事。

但問題就是在於，那警官怎知道我在這裏？我以這個問題問他，他笑道：「全東京的機密人員，為了找尋你的下落，幾乎全部出動了！」

我「噢」地一聲，道：「納爾遜先生現在什麼地方？」

他道：「在總局，請你立即和我一起去。」我點了點頭，跟着那警官，向外走去。

出了小旅館，我看到一輛轎車停在旅館門口狹窄的路上，司機也穿着警官的制服。那警官打開車門，讓我先上車。

我這時候，心中總覺得有一點蹩扭，覺得那警官能夠找到我一事，大有可疑之處。然而，我向車廂中一看，看到車座上，放着一隻文件夾，文件夾上，還燙着值日警官的名字，那自然是警局中的東西，我心中也不再去懷疑，一腳踏進了車廂。

那警官跟着走了進來，坐在我的身邊，笑道：「納爾遜先生唯恐你遭到了什麼意外，找得你十分着急，一直不肯休息。」

我笑道：「那是他太過慮了，我又不是小孩，怎會失蹤？」

那警官道：「自然是，衛先生的機智勇敢，是全世界警務人員的楷模。」

人誰不喜歡恭維？我自問是絕不喜歡聽人向我戴高帽子的人，可是在聽了那警官的話，也不免有點飄飄然的感覺。

（未完，請看《藍血人》續集——《回歸悲劇》）

衛斯理小說典藏版　04

藍血人

作　　者：　衛斯理（倪匡）
責任編輯：　黎倩雲　黃敬安
封面設計：　三原色
出　　版：　明窗出版社
發　　行：　明報出版社有限公司
　　　　　　香港柴灣嘉業街18號
　　　　　　明報工業中心A座15樓
電　　話：　2595 3215
傳　　真：　2898 2646
網　　址：　https://books.mingpao.com/
電子郵箱：　mpp@mingpao.com
版　　次：　二〇二〇年七月初版
　　　　　　二〇二二年七月第二版
　　　　　　二〇二二年十月第三版
　　　　　　二〇二四年六月第四版
I S B N：　978-988-8687-18-3
承　　印：　美雅印刷製本有限公司